天使は炭酸しか飲まない 4

Tenshi wa tansan shika nomanai

丸深まろやか
イラスト Nagu
Illustrated by Nagu
Presented by Maroyasa Maromi

「冴華ちゃんって、明石くんのこと好きなの？」
藤宮詩帆
Shiho Fujimiya
「さあ、どうだろうね」
御影冴華
Saeka Mikage

三輪玲児
Reiji Miwa
「お前、伊緒に彼女できたらどうすんの？」
「……」
日浦亜貴
Aki Hiura

「じゃあ、どうして出ないのが日浦なんですか」
柚月　湊
Minato Yuzuki
明石伊緒
Io Akashi
「伊緒っ。ちょっと、落ち着いて」

天使は炭酸しか飲まない 4

丸深まろやか
イラスト Nagu

Tenshi wa tansan shika nomanai
Presented by Maroyaka Marumi
Illustrated by Nagu

明石伊緒
Io Akashi
久世高の天使。
顔に触れた相手の想い人がわかる。

柚月 湊
Minato Yuzuki
学内でも有数の美少女。
「惚れ癖」をきっかけに天使の正体を知る。

日浦亜貴
Aki Hiura
男勝りなハイスペック美少女。
ガサツでドライだが、なぜか伊緒とは仲がいい。

御影冴華
Saeka Mikage
優れた容姿とカリスマ性を兼ね備えた美少女。
天使の相談を通して友達ができる。

藤宮詩帆
Shiho Fujimiya
湊の親友で、穏やかな雰囲気の女の子。
ひそかに男子から人気がある。

三輪玲児
Reiji Miwa
伊緒の友人。
派手な見た目で自由なプレイボーイ。

―プロローグ―

中三の夏休みにはもう、高校で『天使の相談』をやろうと決めていた。

久世高《くぜこう》に進学が決まってからは、相談の仕組み作りのことばかり考えた。

どんな人間を相談者に選ぶのか。

そもそもどうやって、恋《こい》に悩《なや》んでいるやつを探すのか。

相談のなかで、なにを優先するべきなのか。優先したいのか。

本気でやりたいことだったから、できる限り慎重《しんちょう》に、周到《しゅうとう》に、準備しようと思ったんだ。

おかげで、計画はうまくいった。

今振《ふ》り返《かえ》っても、俺にしては上出来すぎるくらいだったと思う。

もちろん、玲児《れいじ》の助力は大きかった。

俺ひとりじゃ、当然できることにも限界がある。協力は不可欠だ。

ただ、あいつを味方に引き入れるのだって、しっかり計画の内だった。
そういう意味じゃ、これも俺の功績だといえなくもないだろう。

しかし、だからこそ。

——お前、ここでバイトしてるんだな。

だからこそ、あいつとの出会いは本当に、誤算だったのだ。
それどころか最初は、きっと俺とこの女の子は、一生まともに関わることはないんだろうなと、そんなふうにすら思っていた。

少なくとも、明石《あかし》伊緒《いお》としての俺とは——。

――第一章――　聞いてみたかったことがある

スマホと財布《さいふ》だけをポケットに突《つ》っ込んで、俺は飛ぶように家を出た。
もう十九時を過ぎている。外はすっかり暗く、目的地の喫茶《きっさ》プルーフも閉店が近い。
だが、そんなことはどうでもよかった。
『日浦《ひうら》、ヤバいかも』
電車の中で、もう一度玲児《れいじ》からのLINEを見返した。
そういえば、日浦《ひうら》への電話に気を取られて、まだ返信してなかった。
『学校で、呼び出し食らったらしい。部活絡《がら》みで』
俺は少し考えてから、『様子見てくる』とだけ送って、またスマホを仕舞《しま》った。
窓に映る自分の顔が、やけに強張《こわば》って見えた。
京阪《けいはん》の緩《ゆる》やかなスピードが、今日はひたすらに焦《じ》れったかった。

プルーフに着くと、すぐに従兄弟《いとこ》の有希人《ゆきと》に迎《むか》えられた。
有希人《ゆきと》はいつもの最奥《さいおう》のテーブル席を指差して、小首を傾《かし》げてみせる。
そっちに視線を向けると、ジャージ姿の日浦亜貴《ひうらあき》が、座ってストローをくわえていた。

傍《かたわ》らに、デカいテニスバッグがズンと置かれていた。

「日浦《ひうら》」

「……ん、ホントに来たのか、明石《あかし》」

日浦《ひうら》の声は思いのほか、普段《ふだん》通りだった。

そのことに少し安心して、けれどやっぱり、聞かずにはいられなかった。

「大丈夫《だいじょうぶ》だったのか、お前」

「なにが？」

「なにが、じゃない。呼び出されたんだろ」

電話で確認《かくにん》したのは居場所だけで、詳《くわ》しいことは聞かなかった。

だが、呼び出されるなんてほぼ間違《まちが》いなく、ろくなことじゃない。

この平然とした態度だって、どうせわざとだろう。

「話せ。なにがあった」

「べつに、なんも。ちょっと面倒《めんどう》な絡《から》まれ方しただけだって」

煩《わずら》わしそうに言って、日浦《ひうら》はまた目の前のストローを少し吸った。

鮮《あざ》やかな緑の炭酸にバニラアイスが浮《う》かんだ、クリームソーダ。去年、日浦《ひうら》のリクエストでプルーフのメニューに加わったものだ。

そこでちょうど、俺が頼《たの》んでいたコーラフロートが運ばれてきた。これもクリームソーダと同じく、日浦《ひうら》提案の商品。

アイス好きの日浦《ひうら》に忖度《そんたく》して、有希人《ゆきと》はすぐに採用していた。

俺は一度ゆっくり息を吐《は》いて、細長いスプーンでアイスを削《けず》り取《と》り、口に入れた。

ここまで軽く走って来たせいか、身体《からだ》も頭も火照《ほて》っていた。

ちょっと、落ち着いた方がいいかもしれない。

「……面倒《めんどう》な絡《から》まれ方って？」

「あー、大したことじゃねーってば。あのあほが勝手に――」

「日浦《ひうら》」

遮《さえぎ》るように言って、俺は口を尖《とが》らせている日浦《ひうら》の目をわざと睨《にら》んだ。

ちゃんと、聞いておきたい。話したがらないようなことなら、なおさらだ。

日浦《ひうら》はますますいやそうな顔をして、ジトッとした目で睨《にら》み返してきた。

それでも俺が引き下がらずにいると、やっと観念したのか、ふん、と短く鼻を鳴らしてから言った。

「いきなり摑《つか》みかかってきたんだよ。まあ避《よ》けたけどな」

「避《よ》けた……さすが、反射神経オバケめ」

「で、そしたらあいつ……双葉《ふたば》のやつ、顔からこけて、余計にキレてさ。ビンタしてきたから
それも避《よ》けたら、そこで顧問《こもん》が来て、さっきまで事情聴取《ちょうしゅ》だ」

やれやれ、と首を振《ふ》り、日浦《ひうら》はグラスの中の氷を口に含《ふく》んだ。ガリガリと噛《か》み砕《くだ》く音が、客の少なくなった店内に静かに響《ひび》く。

双葉美沙《ふたばみさ》。女子テニス部の二年で、部長。

要するに、喧嘩《けんか》……か。

しかし日浦《ひうら》はともかく、双葉《ふたば》はなんでまた……。

「向こうが最初に怒《おこ》った原因は？　まさか、お前から煽《あお》ったんじゃ……」

「ちげーよ。練習で試合して、あたしが勝ったんだ。そしたら、急に」

「試合に勝ったって……それだけか？」

「知らん。けど、それ以外に思いつかねーもん」

まあ、こいつがそう言うならそう……なのだろうか。

でも普通《ふつう》、そんなことで摑《つか》みかかったりするか……？

「とにかく、怪我《けが》はしてないんだな？」

「してない。全部避《よ》けたからな」

避《よ》けた、を強調して、日浦《ひうら》が答える。

こいつにとっては、大事な部分らしい。

「双葉《ふたば》の方は？」

「ほっぺた擦《す》り剝《む》いてた」

そりゃお気の毒に……。

「まあ……ひとまず大ごとじゃなさそうで、よかったよ。けど、心配したんだぞ」

なにせ、ここに来るまで気が気じゃなかったからな。

とはいえ、こんな時間にひとりでプルーフにいたってのは、普段《ふだん》の日浦《ひうら》には珍《めずら》しい。

いくら平気そうでも、完全になんともないってわけじゃないんだろう。

「大丈夫《だいじょうぶ》だよ。あたしだぞ」

「どんなに強くたって、安心はできないの」

「ふんっ。親かお前は」

言って、日浦《ひうら》は残っていたアイスを一気に口に入れた。

白と緑が混ざった泡《あわ》が、グラスの内側で静かに弾《はじ》けていた。

閉店後に少しだけ店の仕事を手伝ってから、俺たちは揃《そろ》ってプルーフを出た。

日浦《ひうら》はもう家が近いので、駅に向かう俺とはここでお別れだ。

「まっすぐ帰れよ。もう遅《おそ》いんだから」

「ん」

ひと文字で答える日浦《ひうら》の短髪《たんぱつ》を、ぬるい夜風が軽く撫《な》でる。

スマホを取り出した日浦《ひうら》は、指を画面に走らせながら、かすかに表情を変えていた。

チラッと見えた感じ、湊《みなと》たち女子とのグループLINEだろうか。たしか、お泊《と》まり会のグループをそのまま、雑談用に移行させたらしい。

「なんという進歩か……」

あの日浦《ひうら》が、友達とLINEとは。

思わず感慨《かんがい》に耽《ふけ》っていると、日浦《ひうら》がいつのまにか、こっちをじっと見上げていた。

なんだ、と目だけで尋《たず》ねてみる。と、日浦《ひうら》はすぐに口を開いた。

「明日、付き合え」

告白みたいなセリフだった。

が、ドキッとしたりはしない。普通《ふつう》に、そんなわけないからな。

「なにに？」

「テニスすんぞ。ラケット貸すから、ジャージだけ着てこい」

「テニスって……俺、素人《しろうと》だぞ。まともに相手になるか？」

他のスポーツに比べれば、ラケット競技はまだマシな方ではあるけども。

「いーの。テキトーに憂《う》さ晴《ば》らしするだけだ。わかったら行くぞ」

否応《いやおう》なし、というように、日浦《ひうら》がキッパリと言う。

やっぱり、晴らしたい憂《う》さが溜《た》まってたんだな。

けど、その相手に俺を選んでくれるってところが、またこいつは……。

「おっけー。わかった、行こう」

「ん。じゃあまたあとで、連絡《れんらく》する」

それだけ言って、日浦《ひうら》はテニスバッグを肩《かた》に掛《か》け直し、トコトコと帰っていった。

なんとなく名残惜《なごりお》しくて、遠ざかるその小さな背中を、しばらく眺《なが》めてしまう。

いい加減、俺も帰ろう。

そう思ったとき、不意に日浦《ひうら》がこっちを振《ふ》り返《かえ》って、真顔でピッと手を上げた。

無性《むしょう》に嬉《うれ》しくなって、俺も少しだけ、手を振《ふ》り返しておいた。

運動するのは、そこまで気が進まないけれど。

でも日浦《ひうら》と一緒《いっしょ》なら、まあいいか。


自分の部屋に帰り着くと、机に数学の問題集が広げられていた。

すっかり気の抜《ぬ》けたキリンレモンは、タンブラーのおかげでまだ冷たい。

「そういや、課題中だったな……」

一気に現実に引《ひ》き戻《もど》されたような気がして、ため息が出る。

だが悲しいことに、ついさっきまでの出来事だって、どうしようもなく現実だった。

今年の夏休みは長い。

日浦《ひうら》から送られてきていた予定を見ながら、そう思った。

◆　◆　◆

そして翌日。俺たちは昼過ぎに、久世高前《くぜこう》で待ち合わせた。

といっても、目的地は学校ではなく、膳所《ぜぜ》城跡《じょうせき》公園だ。いつか、俺を天使だと疑った湊《みなと》と、ふたりで話した場所。

まだ四ヶ月しか経《た》ってないのに、もはや懐《なつ》かしい思い出だ。

「あそこ、テニスコートなんてあったんだな」

「地味にあったのだ。二面な」

なぜか得意げな日浦《ひうら》からテニスバッグを受け取って、ふたりで県道方面へ歩く。

公園に着くと、以前来たときとはうって変わって、桜並木はすっかり緑になっていた。

年配の夫婦《ふうふ》や若いカップル、ちびっ子たちがちらほら。

「おわ、マジであるじゃん」

「うむ。まあクレイだけどな」

と、日浦《ひうら》はなにやらよくわからないことを言いながら、我が物顔《ものがお》でコートに入った。ちょっと緊張《きんちょう》しつつ、俺もあとを追う。

ベンチのそばに荷物を置いて、多少のストレッチをする。

それから、ラケットの握《にぎ》り方や腕《うで》の振《ふ》り方など、基本的なことを教わった。

まあ、それはいいのだが。

「……なんか、ラケット重くね？　持ってるだけでわりと疲《つか》れるぞ、これ」

バドミントンのそれとは、形は似てても全然違《ちが》うな……。

「非力か。貧弱《ひんじゃく》か」

「こら。俺は参謀《さんぼう》タイプだから、肉体労働は専門外なの」

「参謀《さんぼう》なのに、赤点は取るのか」

「ぐふっ」

なんと容赦《ようしゃ》のない。ただのボケなのに、辛辣《しんらつ》な返しをしやがって……。

「腕《うで》だけで打つなよ。足腰《あしこし》使って、全身でラケット振《ふ》れ」

「全身ね。イメトレで動画見てきたから、なんとなくわかるぞ」

ゼロからスタートだと、めちゃくちゃになりそうだしな。

俺は勤勉なのだ、偉《えら》いだろ。

勤勉なのに、赤点を取りました。

「打点はバウンドの落ち際だから、たぶん想像してるより後ろで待ってた方がいい。ベースライン……その線な。そこから一歩下がった位置にいろ」

「お、おう……。けど、ネット際に球が来たらどうするんだよ。ダッシュか？」

「あほ。あたしが打つんだから、そんな球はない」

「ああ、なるほど、たしかに」

なにも試合するわけじゃないんだし、そりゃそうか。

言われたことを意識して、何度か素振《すぶ》りしてみる。

日浦《ひうら》を見ると、かすかに頷《うなず》いていた。どうやら合ってるらしい。

「あんまり力入れなくても、面の真ん中に当てれば飛ぶ。フォアに集めるから、慣れろ」

「は、はい。頑張《がんば》ります」

というところで、日浦《ひうら》先生の指導は一段落した。

正直自信はないが、まあそんなに期待もされてないだろうし、できる限りで頑張《がんば》ろう。

と、日浦《ひうら》はさっそく対面に移動して、合図をしてからアンダーサーブを打った。さすがに手加減してくれるようだ。当たり前か。

山なりに飛んだボールがネットを越《こ》え、トンっという音を立てて跳《は》ねる。

ありがたいことに、そのままラケットを振《ふ》ればちょうど打てる位置に、ボールが来た。

地味だけど、たぶんこれも技術がいることなんだろうな。

「ほっ」

アドバイス通り、腰《こし》と面を意識してボールを打ってみる。

が、角度が悪かったのか、打球は高めに浮《う》いて、ノーバウンドで日浦《ひうら》の近くへ飛んだ。

オーバーアウトだな、ありゃ。

「もうちょい水平」

そんなセリフと一緒《いっしょ》に、また緩《ゆる》めの返球が来る。同じく、ドンピシャの位置だ。

そのことに感心しつつ、今度はさっきよりも少しだけ、ラケットを寝《ね》かせて打ってみた。

「お、いい感じか」

「浅い」

と、どうやらお気に召《め》さなかったらしい。

もっと奥にバウンドさせろ、って意味だろう。入ればいい、って話でもないわけか。

当然のように、またまた打ちごろの返球が来る。

三度目の正直だ。

今回はラケットの向きを微《び》調整しつつ、若干《じゃっかん》打点を前にしてみる。これまでの二球は、ちょっと振《ふ》り遅《おく》れてる感があったからだ。

パコン、と気持ちいい音がして、打球がネットの少し上を通過する。

バウンド位置はよさげ、スピードも悪くない。

日浦《ひうら》はなにも言わずに腕《うで》を引いて、ラケットを振《ふ》った。ひとまずは合格、だろうか。

今までよりも速い返球。けれどやっぱり、打ち返しやすいポジションだ。

さっきの感覚を思い出して、ボールを叩《たた》く。

「ん、ナイス」

お褒《ほ》めの言葉をいただいた。

けど、お前の教え方のおかげだよ。

「なあ、日浦《ひうら》」

ラリーが続く。

「なんだよ」

けっこう離《はな》れているのに、声はしっかり聞こえる。

「テニス、ずっとやるのか」

あ、ちょっと打ち損じた。まだまだ慣れないな。

「さあな。気分による」

俺の荒《あ》れ球も、日浦《ひうら》は綺麗《きれい》に返してくる。ラケットが、まるで身体《からだ》の一部みたいだ。

「プロとか、ならないのか」

そんなに甘い世界じゃ、ないのかもしれないけど。

なってほしいとか、そういうわけじゃないけれど。

でも、こいつなら。

「なれないし、なる気もない」

日浦《ひうら》の打球がわずかに、鋭《するど》さを増した。

「っ……そうなのか」

返球が重い。

当たり前だが、まだ全然余力があるんだろう。

「なるやつは、もっと練習してる」

まあたしかに、お前はわりと、遊んでるもんな。

「もったいないな。才能、ありそうなのに」

と、ここにきて空振《からぶ》りだ。

転がったボールを慌《あわ》てて拾い、元の立ち位置に戻《もど》る。

見ると、日浦《ひうら》が呆《あき》れたように、両手を軽く上げていた。

「いやいや、イレギュラーだから」

「してねぇよ。見えてんぞ」

「……よくやってる方だろ、初心者にしては」

ラリーできてるだけでも、俺にとっちゃ充分《じゅうぶん》すぎるくらいなんだからな。

俺と日浦《ひうら》はしばらく、ゆるくボールを打ち合った。

それでも俺にはかなりキツく、インドア生活の報《むく》いを受けた気分だった。

ただ、代わりに打球はそこそこ安定するようになって、ちょっと楽しくなってしまった。

たまには、こうして運動するのも悪くないかもしれない。

……まあ、とはいえ。

「いや、はぁ、今日は、もう無理だ……」

肩《かた》で息をしながら、俺は倒《たお》れるようにベンチに座り込んだ。

腕《うで》と脚《あし》がじーんとする。身体《からだ》は重いし、暑いし、限界だ。

夏休みが終わるまで、もう運動はしたくない。

俺がダウンしていると、日浦《ひうら》は涼《すず》しい顔のまま、軽い足取りでコートを出ていった。

帰ってきたときには、両手にペットボトルの飲み物が二本。おそらく自分用のポカリと、もう一本はスプライトだった。

「ん」

「おお……せんきゅ。そして、さすが日浦《ひうら》。わかってるな、チョイスが」

「どうせ、こんなときでも炭酸だろ。あったのそれだけな、文句言うなよ」

日浦《ひうら》からボトルを受け取って、俺たちはふたり並んでジュースを飲んだ。

しかも、どうやら日浦《ひうら》の奢《おご》りらしい。

どういう風の吹《ふ》き回し、と思ったが、たぶん付き合ったお礼のつもりだろう。

案外、というか密《ひそ》かに、日浦《ひうら》はこういうところ、けっこう感覚が普通《ふつう》だ。

「満足したか？」

「ん。まあこんなもんだな」

その返事に、情けなくも安心した。

せっかくついてきたのに、俺だけ先にリタイアってわけにはいかないからな。

いや、もしかすると、俺に気を遣《つか》ってくれている……のだろうか。

「……なあ、日浦《ひうら》よ」

視線だけを俺の方に向けて、日浦《ひうら》がまたポカリに口をつけた。

いつの間にか、もう半分近く中身がなくなっている。

「テニス、好きなのか」

ずっと、聞いてみたかった。

人並外れた運動神経で、テニス部内でも圧倒的《あっとうてき》な実力で。

それでも、日浦《ひうら》はプロにはならないと言った。

もちろん俺は素人《しろうと》だから、日浦《ひうら》が実際にはどれくらいの実力なのかはわからない。

ただ、さっきのこいつは——。

「なんでテニスだったんだ？　たぶんお前なら、どんなスポーツでも大抵《たいてい》、めちゃくちゃ上手《うま》いだろ。足も速いし、授業のバスケも、バスケ部並みだし」

なんでもできそうな日浦《ひうら》が、なぜテニスを選んだのか。

俺にはそれが……いや、本当はもっと根本的なところが、ずっと気になっていたのだ。

日浦《ひうら》はこちらを向かず、チロっと舌を出して、薄《うす》い唇《くちびる》を舐《な》めた。

そして、特に含《ふく》むところもなさそうな声で、平然と答えた。

「べつに、テキトー。強《し》いていえば、個人競技だから、気楽だな」

「……なるほど」

たしかに、日浦《ひうら》にチームスポーツは向いてなさそうだ。

だがそれでも、日浦《ひうら》は部内でひとりだけ勝ち進むことを嫌《きら》って、シングルスの大会には全然出ていないらしい。なんというか、やるせない話だ。

「あたし、特定の競技にこだわりとかねーもん。だからプロにも興味ないし、ずっと続けたいとか、そんなことも思わない」

「それは、なんともまあ、お前らしいな」

自由気ままで、やりたいときにやりたいことをやる。

結局いつも、そういう感じだからな、日浦《ひうら》は。

「でも身体《からだ》動かしたり、勝負で勝つのは好きだ。だから極端《きょくたん》な話、あたしにとってテニスは、ただの手段なんだよ。飽《あ》きたらやめるし、別のスポーツでも替《か》えが利《き》く」

日浦《ひうら》の答えは、意外なほどシンプルで、でも納得《なっとく》のいくものだった。

野性的に見られがちだが、こいつは理論派だ。

天使の相談のときだって、くれるアドバイスはいつも的確で、筋が通ってる。

そしてそんな日浦《ひうら》が言うからには、今回の話も本音なんだろう。

もったいない。そうも思うけれど、日浦《ひうら》自身がやりたいようにやるのが、きっと一番だ。

「まあ、ちょっと見たかったけどな。スポーツで有名になって、無愛想にインタビューされてるお前を」

「あー、そういうの無理だ、あたし。発狂《はっきょう》する」

言いながら、日浦《ひうら》がうへぇっと顔を歪《ゆが》める。

楽しそうにしてるこいつを、近くで眺《なが》めていられたら。

その楽しいことに、ときどき俺を巻き込んでもらえたら。

そんなふうに願うことくらいが、ただの友達の俺には、ちょうどいいんじゃないかと思った。

◆◆◆

次の日は、また久世高《くぜこう》だった。

「お、貸し切りか」

慣れない教室は、机や教卓《きょうたく》が並んでいる以外、すっかりガランとしていた。

夏休みのあいだ、久世高《くぜこう》の一般《いっぱん》教室は自習用に開放されている。

そのなかのひとつ、ちょうどいい位置にある部屋を選んで来てみたが、ラッキーなことに先客はいない。

課題と筆記用具だけが入ったカバンを、テキトーな席に置く。

だが、そのまま座って勉強、なんてことは、残念ながらなく。

「やってるな」

窓の外にある、ベランダ。そこから見下ろせるテニスコートに、ジャージ姿の一団がいた。

日浦《ひうら》が所属する、久世高硬式《くぜこうこうしき》女子テニス部だ。

連中は三面あるコートにそれぞれ散って、黄色いボールを打ち合っていた。

賑《にぎ》やかな声と、乾《かわ》いた打球音。活気がある、っていうのは、こういうことをいうんだろう。

ちなみに、今日は日浦《ひうら》は来ていない。

あんなことがあって、まだ二日だ。しばらくサボると、昨日の帰りに自分で言っていた。

「……いたか、双葉《ふたば》」

黒地に水色のラインのジャージを着た双葉美沙《ふたばみさ》が、一番右のコートでサーブを打った。放たれたボールが、白線ギリギリに鋭《するど》く突《つ》き刺《さ》さる。

相手の返球は高く上がり、落下地点に入った双葉《ふたば》が、ボールを力強く叩《たた》きつけた。

さすがに日浦《ひうら》ほどじゃないが、他の部員に比べても、実力は上に見える。

試合で負けて、怒《おこ》って摑《つか》みかかってきた。

日浦《ひうら》はそう言ってたが……さて。

負けるたびにそんなことしてるとは、さすがに考えにくい。

すると、その日は特別なにかあったか、それとも、相手が日浦《ひうら》だからか……。

「……心配だな」

「なにが心配なの？」

「うおっ⁉」

突然《とつぜん》の声に、思わず逃《に》げるようにのけ反ってしまった。

早鐘《はやがね》を打つ胸に手を当てながら振《ふ》り返《かえ》る。

すると、縁《ふち》の赤い丸眼鏡をかけた女子が、キョトンとした目で首を傾《かし》げていた。

「……藤宮《ふじみや》かよ」

「藤宮《ふじみや》です。おはよー、明石《あかし》くん」

胸の前でパッと両手を開いて、夏服姿の藤宮《ふじみや》が目を細めて笑う。

栗色《くりいろ》のミディアムヘアが、ふわっと小さく揺《ゆ》れていた。

くそっ、驚《おどろ》かせやがって……。

「しかし、お前がいるってことは……」

「ふふふ。もちろん、綺麗《きれい》どころも揃《そろ》えてますよ、お兄さん」

スッと身を避《よ》けて、藤宮《ふじみや》は自分の後方、教室の中の一角を手で示した。

流れる黒髪《くろかみ》に映《は》える、純白のリボン。雪のようにしんと冷えた、ひどく優美な佇《たたず》まい。

おなじみ久世高《くぜこう》三大美女、柚月湊《ゆづきみなと》は、居心地《ごこち》悪《わる》そうに少しだけ顔を伏《ふ》せて、静かにこちらを見ていた。

いつも鮮《あざ》やかに青い瞳《ひとみ》が、今日はなんだか、余計に深く輝《かがや》いて見える。

湊《みなと》とは花火大会の帰り、夜にふたりで話して以来、だったか。

「い、伊緒《いお》……おはよう」

「……おう」

湊《みなと》はおずおずとこちらへ歩いてきて、藤宮《ふじみや》の隣《となり》に並んだ。

が、どうにも視線が定まらず、居心地《ごこち》悪《わる》そうにキョロキョロしている。

……まあ正直、俺もちょっと気まずいけどな。っていうか、恥《は》ずかしい。

なにせ、あんなことがあったあとだし……な。


――代わりに、私が見てる。そばで、ずっと。

――だから、私の惚《ほ》れ癖《ぐせ》がまた出ないかどうか、あなたも見てて。


あの夜の、湊《みなと》のセリフ。息遣《いきづか》いに、重なった手の感触《かんしょく》。

それらが脳裏《のうり》に蘇《よみがえ》って、俺はまた、顔が熱くなるような気がした。

「……あれ？　どうしたの、ふたりとも」

「いや、べつに……」

「ど、どうもしてないわ。普通《ふつう》よ、普通《ふつう》」

藤宮《ふじみや》が怪訝《けげん》そうに、俺と湊《みなと》の顔を見比べる。

どう考えても普通《ふつう》ではない。

だが、ここはふたりで、無言の協力体制を敷《し》くのが得策だ。

いろんな意味で、藤宮《ふじみや》に言えるようなことじゃないからな……。

「ふーん、まあいいけどさ。私としては、むしろそういうの歓迎《かんげい》かもだし」

「……どういう意味だよ、それは」

「えへへー。内緒《ないしょ》」

藤宮《ふじみや》はなぜだか楽しげに、ニコニコニヤニヤとしていた。

なんかムカつくな、このゆるふわ女子め……。

「それで、なにを心配してたの？　明石《あかし》くん」

「え、ああ……えっと」

「ん、テニス部だ。女テニ……あ、もしかして日浦《ひうら》さん？」

藤宮《ふじみや》の言葉に釣《つ》られて、湊《みなと》もテニスコートの方に目をやる。練習メニューが変わったらしく、部員たちは入《い》れ替《か》わり立ち替《か》わり、順番にサーブを打っていた。

こいつがその発想に至るってことは……。

「びっくりしたよー。学校で呼び出されたっていうんだもん」

「聞いたのか、お前たちも」

「ええ。一昨日、LINEで話題になったわ」

なるほど、四人娘《むすめ》グループか。

「あいつが自分で話したのか？」

「いいえ。三輪《みわ》くんから聞いたって、御影《みかげ》さんが」

「そこが繋《つな》がってるのかよ……」

っていうか玲児《れいじ》め、口の軽いやつ。

まあ、べつに秘密ってわけじゃないだろうが。

「じゃあ、やっぱり日浦《ひうら》さんの様子見に来たの？」

「……いや、今日はあいつはいない。ただ、部内の状況《じょうきょう》は気になるから、ちょっと観察にな」

「ふぅん。相変わらず仲よしだねぇ」

「友達だからな、当然だろ」

俺が答えると、湊《みなと》は「当然じゃないと思うけど」と呆《あき》れていた。

いろいろあるんだよ、こっちにも。

「藤宮《ふじみや》だって、湊《みなと》がヤバかったら、できる限り動くだろ？　それと一緒《いっしょ》だ」

「な、なるほど！　ふむふむ、そういうことかぁ」

と、湊《みなと》大好き藤宮《ふじみや》の同意は取れたらしかった。

当の湊《みなと》は、またしてもやれやれと首を振《ふ》っている。

「ところで、そういうお前らは？」

「課題よ。評論文。うちパソコンないから、学校で書こうと思って」

「私は付《つ》き添《そ》いでーす」

「付《つ》き添《そ》ってないで、詩帆《しほ》もちゃんとやりなさい」

「ぐっ……評論……頭が」

そういえば、まだ手付かずだった。

結局、課題図書も買いそびれたし……。

「伊緒《いお》、ホントに大丈夫《だいじょうぶ》なの……？」

「な、なんとかなるって……たぶん」

三度、呆《あき》れる湊《みなと》。

いや、俺だって夏休み後半は、ちゃんとやるつもりだったんだぞ。

ただ、こうして事件があったせいでな、予定がな。

「ねえ明石《あかし》くん、さすがに、もう聞いちゃうんだけどさ」

「な、なんだよ……そんなあらたまって」

ズイッと来るなよ、ズイッと。

「どうして、日浦《ひうら》さんと友達になったの？　こういっちゃなんだけど、あんまり自然に仲よくなりそうなタイプじゃないよね、ふたりって。ね、湊《みなと》」

「え、ええ……そうね。日浦《ひうら》さん、ああ見えていい人だけど、友達自体はあんまりいない……のよね？」

「まあ……そうだな」

　どれもこれも、正直否定しようがない。

「天使だってことも知ってたし。みんな気になってるんですよ。っていっても、私たちと冴華《さえか》ちゃんが、だけど」

「……隠《かく》すことでもない、か」

　もったいぶるほど、大した事情ってわけじゃないしな。

「おっ！　ついに教えてくれるの？」

　期待のこもった眼差《まなざ》しで、藤宮《ふじみや》が身を乗り出してくる。

　そういや、前に湊《みなと》にも、同じようなこと聞かれたな。

　そのときは「また今度」って返したけど。その今度が今日になったって、べつにいいだろう。

「話すと長くなるんだが」

「うん、聞く聞く！　……と、言いたいところなんですが」

　藤宮《ふじみや》は不思議なことを言って、ぴょんと跳《は》ねるように、ベランダから教室に戻《もど》った。

そのまま置いていたカバンを肩《かた》に掛《か》け、ささっとドアまで移動する。

「私、実は急いでまして。湊《みなと》、代表して聞いといて！　長い話！　じゃあそういうことで！」

「え、ちょっと詩帆《しほ》！」

風《ふ》が吹き去るように、藤宮《ふじみや》はピューっと教室を出ていった。

タッタッタという足音が、徐々《じょじょ》に遠ざかる。

いくら夏休み中とはいえ、廊下《ろうか》を走るのは普通《ふつう》によくない。

いやそんなことより、なんだったんだ、あいつは……。

横を見ると、湊《みなと》は怒《おこ》ったような笑ったような、なんともいえない表情で固まっていた。

それからゆっくりこっちを向いて、澄《す》ました顔でコホンと、控《ひか》えめな咳払《せきばら》いをする。

「あの子のことは忘れましょう」

「……そうだな」

なんとなく、湊《みなと》の気持ちがわかったような気がする。が、みなまで言うまい。

湊《みなと》を促《うなが》して、俺たちは教室の中の、テキトーな席で向かい合った。近くもなく遠くもない、なんだかおかしな距離《きょり》感だった。

まあ藤宮《ふじみや》がいないのは、実際ありがたい。

日浦《ひうら》との馴《な》れ初《そ》めを話すなら、俺のあのちからのことは、隠《かく》さなくていい方が楽だ。

「ホントに長いぞ。それでもいいか？」

湊《みなと》が頷《うなず》くのを確認《かくにん》してから、俺は記憶《きおく》を辿《たど》り始めた。

日浦亜貴《ひうらあき》と出会って、そして友達になった、その一連の出来事について。


せっかく朝から、学校に来たのに。

湊《みなと》と一緒《いっしょ》だから頑張《がんば》ろうって、重かった腰《こし》を上げたのに。

あろうことか私、藤宮詩帆《ふじみやしほ》は、まだお昼前にもかかわらず、もう帰りの電車に乗っていた。

しかも、ひとりで。

それでも私は、損したとか、もったいなかったとか、そんなことは一切《いっさい》思っていない。

だって今頃《いまごろ》、湊《みなと》は明石《あかし》くんと、教室でふたりきりなんだから。

「ふぁいと、っと。送信！」

湊《みなと》に追撃《ついげき》のＬＩＮＥを送って、スマホをポケットに仕舞《しま》う。

大好きな親友と、かなり推《お》してる男の子が、距離《きょり》を縮めるチャンス。

それに貢献《こうけん》できるなら、ちょっとくらいのもったいなさも、急いでるって嘘《うそ》をついたことも、まるで気にならない。

ただでさえ、夏休みはあのふたり、あんまり会う機会ないしね。こういうときくらい、一緒《いっしょ》にいる時間を作らないと。

そんなわけで、私はかなり満足した気分で、京阪《けいはん》電車に揺《ゆ》られていた。

最寄《もよ》りの石山《いしやま》駅まで、乗《の》り換《か》えもなしでたった六分。

高校から京都《きょうと》を出るって決まったときは、正直悲しかったけど。でも、今住んでるところも、けっこういい感じだ。

滋賀《しが》は全体的にのんびりしてるから、私と相性《あいしょう》がいいんだと思う。それに、京都《きょうと》も近いしね。

まあ極論、湊《みなと》がいればどこでもいいんだけど。

電車を降りて、もうすっかり通り慣れた改札をスイっと抜《ぬ》ける。松尾芭蕉《まつおばしょう》の像がある広場に出ると、アコギを持った男の人が、しゃがんで歌を歌っていた。

「パンでも買いますか」

せっかく出かけたし、ね。

ということで、すぐそこのデリカフェへ。湊《みなと》ともよく来る、お気に入りのお店だ。

棚《たな》に並んだパンと、焼きたての匂《にお》い。お腹《なか》も空《す》いたし、どれもおいしそうに見えてしまう。

ちょっと今日は、なかなか決められそうにないかも。

パンを選びながら、私はまた湊《みなと》のことを考える。

ううん、最近はずっと、あの子のことばっかりだ。

しっかりしてて頭もいいけど、それでも今は目が離《はな》せないから、こうなるのも仕方ない。

端的《たんてき》にいえば——。

私の親友は今、恋《こい》をしている。

本人はまだわからないと言うけれど、私にしてみればあんなものは、恋《こい》に決まってる。

いや、正確にいえば湊《みなと》は、もうずっと恋《こい》をしていた。いろんな人に、同時に。

そのときはそのときで、やっぱり心配だった。

たくさん傷ついて、悲しんで。あんなにいい子なのに、自分のことも嫌《きら》いになってしまって。

だから、私だけは大好きでいようと思った。

まあそうでなくても、湊《みなと》のことは大好きなんだけど。

結果として、湊《みなと》の惚《ほ》れ癖《ぐせ》はひとまず、収まったみたいだ。

これから先のことはわからなくても、でも、ホントによかった。

大きなきっかけになってくれた明石《あかし》くんには、感謝してもしきれない。親友としては、ちょっと、悔《くや》しい気持ちもあるけど。

もうこのまま湊《みなと》のこと、貰《もら》ってくれればいいのにね。

悪いところないでしょ。かわいいし賢《かしこ》いし、たぶんだけど、尽《つ》くすタイプだし。

……おっと、話を戻《もど》します。

まあ、脱線《だっせん》したようでしてない気もするけど。

今回の湊《みなと》の恋《こい》は、今までのそれとは、まるでわけが違《ちが》うのです。

だってきっと、これは本気の恋《こい》だから。

あんまり、よくない言い方かもしれないけど。でも、やっぱりそうだと思う。

もちろん本人がしっかり自覚できるまで、私から出すぎたことはしないつもりでいる。

親友は味方だけど、あくまで他人だもんね。

ただそうはいっても、あんまり焦《じ》れったいと、今日みたいにちょっとお節介《せっかい》をしたり、背中を押してあげたくはなる。

なにせこの恋《こい》は、そんなにもたもたしてもいられないわけで。

「う————ん、どれがいいか」

抹茶《まっちゃ》デニッシュも惹《ひ》かれるけど、マフィンはもう決定だ。甘いものばかりになってしまうと、ちょっとよくない。

「日浦《ひうら》さんはいいよねぇ。食べても太らないなんて」

本当に恨《うら》めしい。羨《うらや》ましい。

それに、そう、日浦《ひうら》さんだ。

私の独自調査によれば、日浦《ひうら》さんと明石《あかし》くんは、一年生の後半からあんな感じだったらしい。

去年同じクラスだった子の話では、当時はやっぱり、みんなあのふたりが付き合ってるものだと思ってたみたいで。

けれど最終的には「まことに信じがたいが、どうやら本当に付き合っていないらしい」という認識《にんしき》が、徐々《じょじょ》に広まっていったんだとか。

教えてくれた子も、なんだか釈然《しゃくぜん》としていなさそうだった。

私にも、気持ちはよ——くわかる。

前に京都《きょうと》で明石《あかし》くんに確認《かくにん》したときも、たしかに日浦《ひうら》さんのこと、なんとも思ってなさそうではあった。ううん、少なくとも、女の子としては好きじゃない、って。

ただ、それにしてはちょっと……。

「やっぱり、仲よすぎじゃないですかっ」

えいやっと、意を決して抹茶《まっちゃ》デニッシュをトレーに載《の》せる。

甘いものがふたつ。今日だけね、今日だけ。

自分にそう言い聞かせながら、会計を終えて袋《ふくろ》を受け取る。

夜ご飯は少なめにするし、今日はお菓子《かし》も食べません。

なんて、そんな決心は結局、本当に続くかどうかはわからない。

人の気持ちは、変わるものだから。

つまり、明石《あかし》くんと日浦《ひうら》さんが、お互《たが》いをどう思うか。それだって、いつまでも変わらないとは限らない。

あれだけ仲よかったら、そのうちどっちかがころっと好きになっちゃっても、なにも不思議じゃない。
……っていうか、そもそも日浦《ひうら》さんは？
あの子は今、明石《あかし》くんをどう思っているのだろう。
聞こう聞こうと思って、結局タイミングがなくて、できてない。
ただ、聞いてみてもし「好きだぞ」なんて言われたら。
そうなったなら、いよいよマズい。
だって、湊《みなと》の恋路《こいじ》には。
もう充分《じゅうぶん》、強すぎるライバルがいる……かもしれないのだから。
「おや、詩帆《しほ》」
デリカフェから出た、その直後。
突然《とつぜん》、横から声がした。高く澄《す》んで、でも湊《みなと》とは違《ちが》う、しなやかで甘い声。
最近よく聞くようになった、あの人の声。
「あ、冴華《さえか》ちゃん！」
噂《うわさ》をすれば。
あの湊《みなと》に負けないくらい、綺麗《きれい》な子。
それに優《やさ》しくて、かっこよくて、おまけにかわいらしい女の子。
いろいろあって、最近仲よくなれた、新しい友達。

御影冴華《みかげさえか》ちゃんはにっこり笑って、トタトタと駆《か》け寄《よ》ってきた。

茶色くて長い髪《かみ》の全体が三つ編みになっていて、奥ゆかしさと華《はな》やかさが際立《きわだ》つ。オシャレなボタンが付いたシャツと、水色のスニーカー。ちょっと出かけるけど、そこまでラフすぎないって感じの、ちょうどいい私服。

そばに来るとふわっていい匂《にお》いがして、ちょっとずるいくらい、魅力《みりょく》的だ。

「おはよう。今日は学校かな」

「ううん、今帰り。勉強しにいったんだけど、用事思い出しちゃって」

湊《みなと》たちについたのと、同じ嘘《うそ》。

でも、帰ってゆっくりするのだって用事だもん。

「冴華《さえか》ちゃんは？」

「ああ、私はほら、評論の課題図書をね」

言って、冴華《さえか》ちゃんは手に持っていたものを、こっちに向かって小さく動かした。

すぐそこにある、『本のがんこ堂』の袋《ふくろ》だ。

中身が透《す》けていて、タイトルがわかる。

「あ、『旅のラゴス』。それにしたんだ」

「うん。なんだか、一番興味を惹《ひ》かれてね。詩帆《しほ》はやっぱり、『四畳半《じょうはん》』？」

「えへへ、読んだことあるからねー。それに京都《きょうと》のお話だから、書きやすそうだし」

そんな話をしながら、私たちはどちらからともなく、並んで歩き出した。

最寄《もよ》り駅《えき》が同じで、お互《たが》いの家がどこにあるかも、もう知ってる。

こうして一緒《いっしょ》に帰るのも、実は初めてじゃない。

「亜貴《あき》は、大丈夫《だいじょうぶ》かな」

広場の階段を降りたところで、冴華《さえか》ちゃんがポツリと言った。

一昨日から、私たちの話題の中心はずっと、日浦《ひうら》さんだ。

テニス部の子と喧嘩《けんか》して、呼び出し。

日浦《ひうら》さんは大したことないって言ってたけど、みんな心配してる。

恥《は》ずかしながら、私も一度、先生に呼び出されたことがある。

だからこそわかるけど、それってけっこうな事件だ。

「あまり、人を頼《たよ》るのが上手《うま》くなさそうだからね。ひとりで抱《かか》え込んでしまわないかどうか、心配だよ」

「たしかにねぇ。まあでもその点はさ、明石《あかし》くんがいるしね」

冗談《じょうだん》半分、本気半分。冴華《さえか》ちゃんもクスッと笑って「そうだね」と言った。

明石《あかし》くんは日浦《ひうら》さんのことを、すごく大切に思っている。

私たちの中ではもう、これは共通認識《にんしき》だ。

実際、今日もいろいろ動いてるみたいだったし。

だから日浦《ひうら》さんのことは、ひとまず明石《あかし》くんに任せよう。

もちろん、力になれることがあったら、絶対頼《たよ》ってほしいけどね。

「昨日、伊緒《いお》くんとテニスをしにいったそうだよ」

「え、そうなの。ふたりで？」

「うん。相変わらず、仲がいいね」

言って、冴華《さえか》ちゃんはまたクスクス笑う。

どうなのかな、と思ったけど、ヤキモチとか嫉妬《しっと》とか、そういうのは全然なさそうだ。

ただ本当に、嬉《うれ》しそう。

これは……どっち？

湊《みなと》だったらきっと、もっと切なそうな、それに、ちょっと拗《す》ねた顔をする。

だけど冴華《さえか》ちゃんには、いつもそんな様子はなくて。

そのせいで、もしかしたら違《ちが》うのかも、なんて思ったりもする。

まさか、私の見立て違《ちが》い？

でも明石《あかし》くんと話してるとき、してるもんなあ、乙女《おとめ》の顔。

「……」

なんて、考えてもダメだよね。

これは持論だけど、少女漫画《まんが》でも恋愛《れんあい》小説でも、みんな考えすぎなのだ。

気になること、はっきりしないことは、本人に聞けばいい。

どう考えても今はチャンスだし、当事者じゃないなら、難しいことじゃないもんね。

冴華《さえか》ちゃんは迫力《はくりょく》があるから、最初はちょっと怖《こわ》かったけど。

でも今は、もう聞ける。聞けてしまう。

「冴華《さえか》ちゃんって、明石《あかし》くんのこと好きなの？」

あんまり唐突《とうとつ》にならないようにだけ注意して、私は言った。

ひょっとすると私よりも先に、もう誰《だれ》かが聞いてるかもしれない。

日浦《ひうら》さん……はないかもだけど、三輪《みわ》くんとか。

だって、周りの私たちにとっても、これは大事なことだから。

冴華《さえか》ちゃんは、もう大切な友達だ。もし私がこの立場じゃなければ、きっとすごく応援《おうえん》する。

だけど……やっぱり私には、湊《みなと》が一番で。

天使のときの明石《あかし》くんみたいに、誰《だれ》に対しても平等に、っていうわけにはいかなくて。

だからごめんね、冴華《さえか》ちゃん。

この問題に関してだけは、私は湊《みなと》の味方です。

悪者にだって、なれるのです。

「どうだろうね」

きっと、素直《すなお》に答えてくれる。

ちょっと照れて、でも嬉《うれ》しそうに、そうだよって。

まだ知り合って短いけれど、わかる。冴華《さえか》ちゃんは、そういう人だ。

……そんなふうに、思っていたのに。

「秘密、ということにしておこうかな」

「えっ……」

思わず、その場で立ち止まってしまう。

不自然に、なってしまう。

否定される可能性なら、たしかにあると思ってた。

だけど、『秘密』なんて……。

冴華《さえか》ちゃんが、私を見つめる。

普段《ふだん》と同じ、どこまでも深い笑顔《えがお》で、真《ま》っ直《す》ぐに見つめる。

「詩帆《しほ》」

「……うん」

「行こうか」

有無《うむ》を言わさないように、冴華《さえか》ちゃんが告げる。

帰り道が分かれる、その曲がり角まで。
私はその言葉の真意を、結局測《はか》れないままだった。
「じゃあ、またね」
去っていく冴華《さえか》ちゃんの背中に、私は呆然《ぼうぜん》と手を振《ふ》る。
不肖《ふしょう》、藤宮《ふじみや》詩帆《しほ》。
今日の午後はもう、課題どころじゃなさそうです。

―第二章―　きっと彼らはお互いに

久世高《くぜこう》に入れたのは、今考えても正直、ラッキーだったと思う。

勉強は嫌《きら》いだし、苦手だ。論文試験がなきゃ、絶対に受かっていなかっただろう。

日浦亜貴《ひうらあき》の話をしよう。

同じクラスだった。

一年生の、登校初日。教室に行くと、あいつは壁《かべ》のスイッチで、エアコンを操作しているところだった。

つけて、いくつかボタンを押して、消す。ピッ、ピッ、という音が鳴って、教室にいた何人かがキョロキョロしていた。

見ると、日浦《ひうら》の席らしい机には、なぜかなにも置かれていなかった。

ほかの連中はみんな、イスの隣《となり》や机の上に、カバンを置いている。俺だってそうしていた。

手ぶらか？　と思った。

だが、すぐに事情がわかった。

あいつは、教室の後ろに設置されたロッカーに、すでにカバンを仕舞《しま》っていたのだ。

担任はまだ来ていなかったから、そんな指示も出ていない。

どこが自分用なのかも、はっきりはわからない。

それでも、たぶんここだろう、ってところを、勝手に使っていた。

日浦《ひうら》はそういうやつだった。

みんな、新しいクラスでうまくやろうと、周りとの会話に夢中になっている。

エアコンやロッカーのことなんて、二の次三の次。ましてや共有物を勝手に触《さわ》るのは、どっちかといえば悪印象。

初日から避《さ》けられたりして、これからの学校生活、失敗したくない。

きっと、それが普通《ふつう》の感覚だ。

変なやつ。

そう思ったところで、そばにいた男子に話しかけられた。

視界の端《はし》に見えた日浦《ひうら》は、それでもまだひとりだった。

席に戻《もど》って、眠《ねむ》そうにあくびして。

他人の家の軒先《のきさき》に我が物顔《ものがお》で寝《ね》そべってる、野良猫《のらねこ》みたいで。

しばらく、話すこともなかった。

外見も中身も目立つ日浦《ひうら》と、地味な男子Aの俺。

たぶんお互《たが》い、話してみようとも思ってなかっただろう。

だがその一方で、俺はあいつのことを、わりとよく見ていた。

好意を持ってたとか、惹《ひ》かれてたとか、そんな話じゃない。

単純に、気になっていたのだ。

見てる分には賑《にぎ》やかで、予想外で、おもしろかったから。

教室で、猫《ねこ》を飼ってるみたいな感じだった。

気まぐれにあちこち行ったり、急に興味を失ったり。

なにを考えてるかもわからないし、理解しようとするだけ無駄《むだ》。

けれど素直《すなお》なやつだから、クラス内でもけっこう、かわいがられていた。

そこはよくも悪くも、久世《くぜ》高生《こうせい》の落ち着きに恵《めぐ》まれた感はあるかもしれない。

環境《かんきょう》によっては、浮《う》くってことも充分《じゅうぶん》、考えられるだろうから。


ところで、クラスにはもうひとり、目立ってるやつがいた。

日浦《ひうら》ほどじゃないが、かなり自由で、でも、人付き合いの上手《うま》いやつ。

三輪《みわ》玲児《れいじ》。俺と同じ中学で、友人だ。

あいつと同じクラスになったのも、俺にとっては幸運だった。

玲児《れいじ》にはもともと、俺が天使だって、明かすつもりでいたからだ。もちろん、協力してもらうために。

相談が安定して機能するには、恋愛沙汰《れんあいざた》に関する情報収集が必要だ。

だが、俺自身が出張って、目立つのはリスキー。それに、適性もない。

その点、あいつなら誰《だれ》とでも話せて、どこへでも行ける。

おまけに普通《ふつう》にしてたって、どうせ目立つやつだ。

もっといえば、天使の活動を隠《かく》していて、あとでバレても厄介《やっかい》。そうなる確率も、たぶんかなり高いだろう。

これについては、もう中三の頃《ころ》から、考えを決めていた。

高校生活は、天使の相談に捧《ささ》げる。

そう思っていた以上、玲児《れいじ》との付き合い方は重要事項《じこう》のひとつだった。

玲児《れいじ》の顔の広さと、久世高生《くぜこうせい》のSNS、それから、俺のあのちから。

情報収集には、この三つを柱に据《す》えることにした。

天使に必要なものは、ほかにもあった。

特に大きいのは資金と、あとは噂《うわさ》だ。

資金はバイトで賄《まかな》うつもりだった。このときにはもう、有希人《ゆきと》に交渉《こうしょう》も済ませていた。

使い道はマイクやイヤホン、交際費、相談にかかる雑費。高校生にはバカにならない額だ。

そして噂《うわさ》。相談者を集めるには、知名度がいる。

理想的なのは、天使の存在を都市伝説にすることだ。

だがこれが一番大変で、まずなによりも、実績を作らなきゃいけなかった。

比嘉波《ひがなみ》は、俺と玲児《れいじ》の出身中学だ。

当然俺たち以外にも、比嘉波《ひがなみ》から久世高《くぜこう》に来たやつは何人かいる。

その中の女子ひとりを、俺は最初の相談者に選んだ。

そいつには、好きな相手がいた。

中学の頃《ころ》、偶然《ぐうぜん》顔に触《さわ》ったことがあった。たしか、廊下《ろうか》でぶつかった拍子《ひょうし》に、だったはずだ。

幸か不幸か、その相手も同じく、久世高《くぜこう》に進学していた。

怪《あや》しまれるのは覚悟《かくご》のうえで、連絡《れんらく》を取った。

『自分は恋《こい》を助ける天使で、お前の好きな相手を知っている』

『報酬《ほうしゅう》はいらないから、手伝わせてほしい』

そんなことを、いきなりSNSのDMで申し出た。

もちろん、意味不明だっただろう。当然警戒《けいかい》もされたが、最初は仕方ない。

何日かかけて、根気強く説得した。

どうして好きな人が誰《だれ》か、知ってるんだ。もしかして、本当に不思議なちからがあるのか。

そう思ったに違《ちが》いない。

なにせそいつは、自分の好きな相手を誰《だれ》にも話していなかったのだ。

だがそのおかげで、かえって信頼《しんらい》……というか、信憑《しんぴょう》性は感じてもらいやすかった。


相談者になってもらったあとは、今と同じことをした。

つまり、ただひたすら全力で、そいつの恋《こい》を応援《おうえん》する。

当時はまだ、コツもセオリーもわからなかった。

手際《てぎわ》はかなり悪かっただろうし、あいつにもいろいろ、迷惑《めいわく》をかけたはずだ。

それでも、最終的にはなんとか、告白に漕《こ》ぎ着《つ》けた。

『言った！　言ったよ天使！　駅でちゃんと、好きって言った！』

心の底から尊敬した。俺にはできなかったことを、やってのけたのだから。

しかも結果はオッケーで、その日から無事、ふたりは付き合うことになった。

『ホントにありがとう！　きっと私、あなたがいなきゃずっと、ひとりで悩《なや》んでた……』

何度も何度も礼を言われた。

俺は嬉《うれ》しくて、恥《は》ずかしげもなく、通話越《ご》しに泣いた。

そのときまで、自分がやっていることに自信がなかった。

本当に、相談者の役に立てているのか。こいつは、喜んでくれるのか。

それがわからなくて、不安で。

でも、不安を見せるわけにはいかなくて。

そういうものが一気に安心に変わって、我慢《がまん》できなかった。

俺が泣き始めてすぐに、そいつは俺とは比べ物にならないくらい、わんわん泣き出した。

釣《つ》られて俺ももっと泣いて、もうめちゃくちゃだった。


最初の天使の相談は、無事に成功した。

理想的なかたちだったといっても、過言ではないだろう。

その女子は最後に、俺に正体を教えてほしいと言った。

だがもちろん、それはできない。

これからお前みたいなやつを、もっと助けてやりたい。そのためにも、正体は明かせない。

そう話すと、そいつは納得《なっとく》してくれた。それから、頑張《がんば》って、と応援《おうえん》もしてくれた。

ただ、大事なことがまだ残ってた。

俺はそいつにひとつ、頼《たの》みごとをした。

俺が作った、久世高《くぜこう》の天使の都市伝説。

それを、こっそり学校に流してほしいということ。

快く引き受けてくれたあいつには、今でも感謝してる。

玲児《れいじ》にも頼《たの》んで、自分も合わせて、噂《うわさ》は三箇所《かしょ》から発信した。

当然ながら、最初は広まるどころか、信じられてすらいなかった。

だが相談の数が増えるに連れて、ゆっくり、けれど確実に、天使の存在は浸透《しんとう》していった。

久世山《くぜやま》高校には、恋《こい》を導く天使がいる。

今ではもう、校内の誰《だれ》もが知る話だ。


——これが、俺が天使を始めて、最初にやったことだ。

苦労した。それに、かなり運も絡《から》んでいた。

本来なら、もっと時間がかかってもおかしくなかっただろう。


日浦《ひうら》の話に戻《もど》ろう。

最初の相談が終わったのは、六月の初め頃《ごろ》だった。

だがそれよりも前に、俺はもう、ふたり目の相談者にもコンタクトを取っていた。

噂《うわさ》を定着させるには、スピードも重要だ。のんびりはしていられない。

今度の相談者は男子だった。

玲児《れいじ》の調査の結果、ひとり目と同じく、中学から好きな相手がいることがわかった。

それが、日浦亜貴《ひうらあき》だった。


その男子が悩《なや》んでいたのは、日浦《ひうら》の恋愛観《れんあい》についてだった。

具体的には、日浦《ひうら》は果たして、恋愛《れんあい》に興味があるのか、ということだ。

この問題が、そいつが前に踏《ふ》み出《だ》せない理由の何割かを担《にな》っていた。

中学の頃《ころ》から、日浦《ひうら》はテニスが強いと有名だったらしい。

おまけに、普段《ふだん》から異性と関わりもなく、モテる男子からの告白を断ったこともあるとかで、テニス一筋、のような印象に思えたのだろう。

そういうわけで、そいつはずっと尻《しり》込みを続けていた。

この手の悩《なや》みは、天使の相談ではよくあるパターンだ。

しかしだからこそ、踏《ふ》み出《だ》すのも、背中を押すのも難しい。

俺は日浦《ひうら》という人間について、調べることにした。玲児《れいじ》にも、情報収集を頼《たの》んだ。

テニスへの取り組み方、恋愛《れんあい》自体への興味。

そこがはっきりしないことには、相談も進めづらい。

それから——今度は、ちからも使おうと思った。

実をいえば、このちからは恋愛《れんあい》相談には、そこまで役に立たない。

いや、正確には、役に立つときと、立たないときがある。

そして今回は、どちらかといえば後者のケースだった。
もし日浦《ひうら》に好きな相手がいれば、あいつは恋愛《れんあい》に興味がある、ということになる。
けれど、その相手が自分でないのなら、結局告白への不安は拭《ぬぐ》えない。
逆に好きな人がいなければ、もちろん恋愛《れんあい》に対するスタンスはわからないまま。
どちらに転んでも、問題の解決には繋《つな》がらない。
今だからこそわかることだが、重要なのは、ちからの結果なんかじゃない。
それを受けて、どう恋愛《れんあい》相談に生かすのか。そっちの方が、ずっと大切だ。
なにも、見えたものをそのまま、相談者に伝えるわけじゃないのだから。
だが、当時は俺も、まだまだ手探《てさぐ》りだった。
こんな突拍子《とつびようし》もない超能力《ちようのうりよく》が、バレるとは思えない。
だから使うだけ使って、どうするかはあとで考えよう。それくらいに思っていた。

ある日の、授業間休みだった。
日浦《ひうら》はひとりで机に顎《あご》を載《の》せて、なぜか不機嫌《ふきげん》そうにぶすっとしていた。
今でもたまにしているし、こういうときに話しかけると、大抵《たいてい》ろくなことがない。
けれどももちろん、当時の俺には知る由《よし》もなかった。
近くを通るふりをして、チャンスを窺《うかが》った。もちろん、顔に触《さわ》るためだ。

そして、見つけた。

日浦《ひうら》は前の授業の数学で指名されて、チョークを使った。

その粉が、ほっぺたに付いていた。

「おい、そこ汚《よご》れてるぞ」

できるだけ不自然にならないよう意識して、そう声をかけた。

「んぁ？」

「そこ。チョークの粉」

日浦《ひうら》は警戒《けいかい》したような様子で、こっちを見上げた。

何度か自分でほっぺたを拭《ぬぐ》って、けれど、全然取れていない。

そろそろいいかなと思って、俺はハンカチを出して、日浦《ひうら》の顔に手を伸《の》ばした。

普通《ふつう》に考えて、かなり馴《な》れ馴《な》れしい。なにせ、これが初めての会話だ。

だが、べつにこの女子に嫌《きら》われたって、大して困らないだろうと思った。

「ほら、ここ」

あと少しで、顔に手が届く。

ちからを、使うことができる。

そのはず……だったのだが——。

「うぎっ！」

直後、手に痛みが走った。それに、キモい声も出た。

見ると、日浦《ひうら》が俺の手をガシッと鷲掴《わしづか》みにして、軽く捻《ひね》っていた。

「んだよ。触《さわ》んな」

日浦《ひうら》は余計に鋭《するど》い目で俺を睨《にら》んで、ガルガルと低く唸《うな》った。

クラスの連中が何人か、訝《いぶか》しげにこっちを見ていた。

「す、すまん……っ」

「……ふんっ」

最後にそうやって鼻を鳴らして、日浦《ひうら》はまた何度か頬《ほお》を拭《ぬぐ》った。

チョークの粉はすっかり取れて、いよいよどうしようもなかった。

俺は行き場を失った手を引っ込めて、逃《に》げるように教室を出た。

それからテキトーに購買《こうばい》に行って、次の授業が始まるギリギリまで、無理やり時間を潰《つぶ》すことになった。

「日浦《ひうら》のやつ、テニススクールとかクラブチームとか、特に入ってないんだと」

その日の昼休み。

中庭でパンを食いながら、俺は玲児《れいじ》から調査報告を受けた。

「中学でも、そこまで部活熱心じゃなかったっぽいぞ。綾里《あやさと》出身のやつらいわく、な」

綾里《あやさと》は日浦《ひうら》や鷹村《たかむら》、瀬名《せな》の出身中学だ。

つまり、日浦《ひうら》がテニス一筋のストイック少女だって線は薄《うす》い。そういうことだ。

まだ確定じゃないとはいえ、朗報の部類だろう。

「ところでお前、なんか今日、日浦《ひうら》と揉《も》めてたろ。見たぞ」

ニヤニヤとしたいやな顔で、玲児《れいじ》が言った。

見るなよ、と思ったが、まあ目立ってたから仕方ない。

ちからのことは、玲児《れいじ》にも秘密だ。

このときは雑にごまかしたけれど、そこまで乱用もできないな、と思った。


放課後に、テニス部を見にいった。

玲児《れいじ》から聞いた日浦《ひうら》の情報を、自分の目でも確かめようと思ったからだ。

あまり目立たないように、校舎の窓から練習を眺《なが》めた。

「……おぉ」

日浦《ひうら》は楽しそうに、イキイキとコートを駆《か》け回《まわ》っていた。

素人《しろうと》目に見ても、動きも球筋もかなりいいのがわかった。

「すげぇな……」

普通《ふつう》なら追いつけないような球を、超反応《ちようはんのう》と足の速さで何度も拾う。

そのうえ体勢も崩《くず》れず、返球も乱れない。

逆に相手の球が甘くなると、流れるように移動して、際《きわ》どいところにしっかり打ち込む。

カウンターの隙《すき》も与《あた》えない。

躍動《やくどう》、圧倒《あっとう》。そんな言葉が、そのときの日浦《ひうら》にはまさに、ピッタリに思えた。

……本当に、様子を見にきただけだった。

ただ、どんなふうに部活してるんだろうって、それを知りたいだけだった。

なのに俺は、いつの間にかワクワクして、あいつのプレーに見惚《みと》れていた。

それまで、変なやつだと思っていたけれど。

運動神経がすごいっていうのは、前から知っていたけれど。

このとき初めて、俺は日浦《ひうら》を、カッコいいと思ったんだ。

「……」

だが、たしかに競技者のオーラというか、いわゆるストイックさみたいなものは、あまり感じないような気もした。

もちろん、素人《しろうと》の意見だ。

けれど、玲児《れいじ》に聞いた情報も手伝ってか、そう感じた。

ますます、不思議なやつだ。

しばらく観察して、いい加減帰ることにした。

予定より長くなったけれど、やっぱりちょっと、名残惜《なごりお》しかった。

「いやーホント、無理だわあの一年」

昇降口《しょうこう》を出る直前に、外からそんな声が聞こえた。

チラッと見えた感じでは、おそらく女子テニス部の上級生。

すぐそばに、自販機《じはんき》があるはずだ。

練習の休憩《きゅうけい》に、何人かで飲み物を調達にきた。まあ、そんなとこだろう。

「ね。急に現れてなに？　って感じ」

「めんどいの入ってきたねー」

日浦《ひうら》のことだな、と直感で思った。

出ていくのも憚《はばか》られて、俺は連中がいなくなるまで、下駄《げた》箱の陰《かげ》でやり過ごすことにした。

「お願いだから邪魔《じやま》しないでくださーい」

「天才に乗っ取られるのかー、うちらの青春」

「ちょっとは遠慮《えんりよ》しろってねー」

最後にガコンと音がして、ペットボトルを持った四人が去っていくのが見えた。

いやな気分だっだ。

俺はスポーツとか部活とか、そういうものには今まで縁《えん》がなかった。

それでも、連中の気持ちは多少わからないでもない。

だが、なにか納得《なっとく》がいかなかった。

あんなに楽しそうにテニスをするやつが、陰《かげ》でこういうことを言われる。

仕方ないこと、なのかもしれない。

でも、やっぱりどうにも気持ちが悪くて。

完全に部外者なくせに、俺は日浦《ひうら》のことが、少しだけ心配になっていた。


その日の夜、俺はさっそく、相談者に報告しておくことにした。

実力はともかく、日浦《ひうら》はテニスに人生懸《か》けてる、という感じではなさそうだ。

恋愛《れんあい》に対する興味については、依然《いぜん》わからない。そっちは、もう少し調べてみる。

そして、部活中の日浦《ひうら》を眺《なが》めてる男子がいた。同じクラスの明石伊緒《あかしいお》だ。ひょっとすると、ライバルかもしれないぞ。

これが、その日俺が相談者に伝えたことだ。

最後のひとつは、要するにカモフラージュ。

こう言っておけば、天使が俺だとは思われにくい。おまけに、情報収集もしやすくなる。

それから——逆に、言わないでおいたことが、ひとつある。

日浦亜貴《ひうらあき》には今、好きな相手はいない、ということ。

あのとき、日浦《ひうら》に手を捻《ひね》られた、休み時間。

俺の指先は間違《まちが》いなく、あいつの頰《ほお》に触《ふ》れていた。

つまりちからは発動して、そのうえで、なにも見えなかったのだ。

伝えれば、この男子はますます、尻《しり》込みするだろう。

今回に関しては、この情報は伏《ふ》せておく方がベター。俺は、そう結論づけた。

ここから先は、もはや気持ちの問題だ。

相談者自身が、覚悟《かくご》と勇気を持てるかどうか、それが肝《きも》になる。

もちろん、早く天使としての実績がほしいのは間違《まちが》いなかった。

けれど、一番大切なのは絶対に、相談者の恋《こい》だ。

ゆっくり確実に、自分なりに、前に進めばそれでいい。

だから……それはきっと、気まぐれだった。

いや、もしかしたら、イキイキしたあいつの姿と表情が目に焼きついて、忘れられなくなっていたからかもしれない。

俺はもう一度だけ、日浦《ひうら》の部活を見にいきたいと思った。

放課後、誰《だれ》もいない教室から、ひとりでテニスコートを眺《なが》めた。

バイトまで少し時間があって、ちょうどよかった。

この日は、どうやら部内戦をやっているらしかった。

実力ごとにいくつかのグループに分かれて、総当たりをする。その程度の概要《がいよう》は、遠くから見ていてもなんとなくわかった。

そして、日浦《ひうら》は一番上のグループに入っていた。

この組が、実質久世高《くぜこう》テニス部のレギュラー候補だろう。グループ内で上位になれば、団体戦のメンバーに選ばれる。まあそんなところか。

結論からいえば、日浦《ひうら》は強かった。

テニスのルールなんて知らなかったけれど、あいつが試合に圧勝してるのは明らかだった。

やっぱり楽しそうで、前に見たときよりももっと、カッコよかった。

ずっと見惚《みと》れて、時間を忘れていた。

それから、前に下駄《げた》箱で聞いた、先輩《せんぱい》部員たちの陰口《かげぐち》をまた思い出した。

日浦《ひうら》がこれから、普通《ふつう》に部活を楽しめればいい。

できることなら。

いやなことが、起こらなければいい。

友達でもなんでもないのに、そんな勝手なことを思った。

気づいたときには、もうバイトの時間が迫《せま》っていた。

もっと見ていたかった。けれど、遅刻《ちこく》して有希人《ゆきと》にどやされるのは面倒《めんどう》だ。

急いで帰ろうと、下駄《げた》箱まで走って、靴《くつ》を履《は》き替《か》えた。

だが厄介《やっかい》なことに、テニスコートの横を通ったとき、かすかに声が聞こえてきた。

「日浦《ひうら》、辞《や》めさせない？」

反射的に足が止まって、意識が一気に、そっちに奪《うば》われた。

まるで自分に向けて言われたみたいに、息が浅くなって、頭が少しクラクラした。

「えっ……でも、いいの？　そんなこと……」

「だって、彩奈《あやな》が試合出られないなんてヤじゃん。あんなやつのせいでさ」

やめてくれよ、なあ。

あんなに楽しそうなんだよ、あいつ。

いやな予感を、的中《か》させないでくれよ。

「……だね。辞《や》めるまでじゃなくても、大会だけ休んでくれればいいし」

「いやー、私は辞《や》めてほしいけどね。かわいそうじゃん、私たち以外も、みんなさ」

連中はクスクスと、肩《かた》を震《ふる》わせて笑った。

悪意と後ろめたさと、それでも自分たちに正当性があると思い込もうとする汚《きたな》さが混じった、
耳障《みみざわ》りな声だった。

今走らなければ、乗るべき電車に間に合わない。

そうなったら確実に、バイトには遅刻《ちこく》だ。

けれど俺は、そんなことはもう、すっかり忘れていた。

ただ実際のところ、俺にできることなんてなにもなかった。

急にコートに乱入して、この連中に因縁《いんねん》をつけようなんて思うほど、俺もバカじゃない。

……バカじゃない。

そのはずなのに、俺の足はちっとも、その場を離《はな》れようとしなかった。

ただ立ちすくんだまま、腹の奥でグルグル渦巻《うずま》くその気持ち悪いなにかを、ひたすら押さえつけるしかなかった。

「ちょっと意地悪したら、自分で辞《や》めるんじゃない？」

「でも、問題になったらマズいよね。うまくやらなきゃ」

「たしかにねー。なんなら怪我《けが》とかしてくれるのが、一番ラッキーなんだけど」

最後のセリフで、俺はもう限界だった。

間違《まちが》いなく、冷静さは失っていた。

「おい、お前ら」

気がつけば、もう声が出ていた。

これでなにも言わないのはいやだった。

それに、もしそうしていたら、きっと今日のバイトは最悪な気分だったろうと思った。

だが——。

「……なに、あんた」

だが不思議なことに、連中は俺の方を向かなかった。

代わりに、フェンスにもたれてこっちを睨《にら》んでいる日浦《ひうら》の方を、居心地《ごこち》悪《わる》そうに眺《なが》めていた。

思えば、さっきの俺のセリフには、自分のそれよりももっと高い、もうひとつの声が重なっていたような気がした。

そして、俺は悟《さと》った。

俺と日浦《ひうら》はきっと、まったく同じタイミングで、反抗《はんこう》の声を上げていたのだ。

「言いたいことあんなら、直接言えばいいじゃん」

三面あるテニスコート全体が、しんっと静まり返っていた。

転がったボールがぶつかって、かすかにネットが揺《ゆ》れる。

俺を含《ふく》んだ全員が、日浦《ひうら》に釘付《くぎづ》けになっている。

集まった視線をものともせず、日浦《ひうら》は不愉快《ふゆかい》そうな目で先輩《せんぱい》たちを睨《にら》んだ。

小さい身体《からだ》と細い脚《あし》で、ただまっすぐに、凛々《りり》しく、ピンと立っていた。

「べつにあたし、辞《や》めてもいいよ。つまんないから、ここも、お前らも」

卑屈《ひくつ》さも誇張《こちょう》も、少しも感じない声音《こわね》だった。

心からそう思っていて、たった今、口を衝《つ》いて出た。ただそれだけのことだというように。

「……べつに、あたしらなんも言ってないけど」

「そ、そうそう。っていうか、いい加減敬語使えば？　非常識でしょ」

かすかに震《ふる》える声で、連中はそんなことを言った。

明らかな嘘《うそ》で、強がりだった。

日浦《ひうら》はそれには返さず、短くはぁっと息を吐《は》いた。

そして、近くに置いてあったテニスバッグにラケットを突《つ》っ込んで、ガバッと肩《かた》に掛《か》けた。

早歩きでコートを出る。

それからなぜか、呆然《ぼうぜん》としていた俺の腕《うで》を摑《つか》んで、校門の方へグイッと引っ張った。

触《ふ》れた日浦《ひうら》の手は、意外なほど冷たかった。

「お、おいっ！　待て、どこ行くんだよ、お前……！」

崩《くず》れたバランスを取《と》り戻《もど》しながら、俺は日浦《ひうら》に追いついて言った。

ちらりと見えたテニスコートは、まだ時が止まったままだった。

「知らん。なんか、うまいもん食えるとこ」

こっちを向いた日浦《ひうら》が、短く言う。

その目は不機嫌《ふきげん》な野良猫《のらねこ》にも、怒《おこ》った虎《とら》のようにも見えた。

「……なら、この手を放せよ」

「お前も行くの。付き合え。でなきゃあたしに付きまとってたこと、クラスにバラす」

「なっ……！」

気づいてたのか、こいつ……。

そんな驚《おどろ》きもつかの間、日浦《ひうら》はそのままずんずん進んで、学校前のT字路《じろ》で立ち止まった。

じっとこっちを見て、俺の言葉を待っている。

言う通りにするしかない。

それに今は、こいつと一緒《いっしょ》にいるべきだと思った。

うまいもん食えるとこ、と日浦《ひうら》は言った。

この状況《じょうきょう》で俺に思いつくのは、もうあそこしかなかった。

「まずは話を聞こうか、かわいい従兄弟《いとこ》め」

プルーフに着くと、すっかりご立腹らしい有希人《ゆきと》が、呆《あき》れた目で俺を迎《むか》えた。

事情を伝えて謝ると、有希人《ゆきと》はやれやれと首を振《ふ》って、今日のバイトをなしにしてくれた。

どことなく、楽しそうにも見える気がした。

「貸しひとつ。それから、女の子をちゃんと、もてなしてあげろよ」

最後にそれだけ言って、有希人《ゆきと》はさっさとカウンターへ戻《もど》っていった。

「お前、あほか」

運ばれてきたプリンを三口でたいらげてから、日浦《ひうら》が言った。

セリフとは裏腹に、口元にプリンのかけらがついていて、妙《みょう》にかわいらしかった。

「……なんだよ、急に」

「関係ないくせに、首突《つ》っ込もうとすんな。時間と労力の無駄《むだ》だぞ」

「……」

日浦《ひうら》のセリフは至極《しごく》、その通りだった。

けれど俺だって、そんなことは百も承知だ。

それよりも、こいつはやはり、気づいていたのだ。

あのとき俺が、あの連中に口を出しそうになっていたことに。

いや、本当ならそうなっていたはずなのに、こいつはきっと、わざと俺をあのいざこざから遠ざけたのだ。

「よかったよ、そうなっても」

自分の今の気持ちを、もう一度確かめてから。

俺は日浦《ひうら》に向かってそう言った。

日浦《ひうら》はかすかに、驚《おどろ》いているように見えた。

それから何度かまばたきをして、小さな舌でペロリと、口元のプリンを舐《な》め取った。

「巻き込まれて、面倒《めんどう》なことになっても。それでもいいから、文句言ってやりたかったんだ。お前ら、ダサいぞって。恥《は》ずかしくないのか、って。そんなことしてもなにも変わらないだろうけど、でも、言いたかった」

どうして、自分がそう思ったのか。そこまで、思ったのか。

少し考えてから、すぐにわかった。

楽しそうでカッコよくて、ワクワクする日浦《ひうら》の表情、目つき。

それが汚《よご》されるのがいやだった。

べつに日浦《ひうら》のことなんて、俺はまだ全然知らない。

ましてやテニスのことなんて、もっと知らない。

でも、たしかにそう思ったんだ。

「……なのに、お前が全部自分で言った。ビビったよ、すごいなお前。正直、かなりスッキリした。あと……悪かったな。余計なお世話だったろ」

今にして思えば、俺がやろうとしたことは完全に、自己満足だ。

たまたまそうならなかっただけで、日浦《ひうら》に迷惑《めいわく》をかけていてもおかしくなかった。

つくづく、バカだったと思う。

「……」

日浦《ひうら》はさっきと同じように、俺をじっと見つめた。恥《は》ずかしげもなく、まっすぐに。

ぱっちりとした、意志の強そうな瞳《ひとみ》。

その中に、なぜか嬉《うれ》しそうな顔をした俺が、図々《ずうずう》しく映り込んでいた。

「お前、ここでバイトしてるんだな」

「えっ……お、おう、そうだよ。遅刻《ちこく》したから、クビになるかもだけど」

普通《ふつう》に、冗談《じょうだん》だった。いや、たぶん冗談《じょうだん》だ。

クビになると、今後の計画が全部おじゃんになる。

念《ねん》のため、あとで有希人《ゆきと》のご機嫌《きげん》取りをしておかなきゃならない。

「遅刻《ちこく》しそうだったのに、あんなことしたのか。やっぱりあほだな、明石《あかし》」

「うるさいな……って、俺の名字知ってたのか、お前」

「そっちも知ってんじゃん。当たり前だろ、それくらい」

当たり前、なのだろうか。

日浦《ひうら》は目立つからともかく、俺はまだ、クラスの連中に名前を覚えられてる自信はない。

「そもそも、ストーカーの調べはついてんだよ。逃《に》げられると思うなよ」

「ぐっ……ストーカーね……」

そういえばさっき、校門でそんな話が出ていた。

俺が部活中の日浦《ひうら》を見ていたことは、どうやらバレていたらしい。

「普通《ふつう》に、キモかった。ま、今もキモいけど。なにが目的だ、お前」

そんな不穏当《ふおんとう》なセリフを吐《は》きつつも、どういうわけか日浦《ひうら》の表情は柔《やわ》らかかった。

俺みたいなモブのことなんて、大して問題にもしていないのかもしれない。

「べつに……なんでもない。ただ、テニス上手《うま》いなと思って、見てただけだよ」

「……ホントか？」

俺の返答に、日浦《ひうら》は納得《なっとく》していない様子だった。

今度はしっかり目つきを鋭《するど》くして、射すくめるように睨《にら》んでくる。

たとえ俺の動きがバレていたって、事情を話すわけにはいかない。

怯《ひる》みそうになるのをなんとか隠《かく》して、俺は続けた。

「ホントだ。不快だったなら謝る。悪かったよ、もうしないって」

「……なら、三輪《みわ》があたしのこと嗅《か》ぎ回ってるのは、お前とは無関係か？」

「なっ……」

思わず、反射的に声が出た。

取《と》り繕《つくろ》おうとしても、もう手遅《ておく》れだ。

驚《おどろ》いたことに、こいつは俺だけじゃなく、玲児《れいじ》の行動にも勘《かん》づいていたらしい。

「あるんだな」

「……な、なんでそう思うんだよ」

否定すれば、ますます立場が危《あや》うくなる。

そう思いはするものの、やっぱり認めるのはまだ気が引けた。

理由を聞いたのは、これが今できる最大限の抵抗《ていこう》だったからだ。

「いつもつるんでるお前らが、同時に、あたしの周りをうろつき始めた。繋《つな》がってるに決まってる。それに、あたしについて調べるにしても、役割分担がはっきりしすぎだ」

「……役割分担」

場違《ばちが》いで、けれど、極《きわ》めて本質的な言葉だった。

「三輪《みわ》は聞き込みだけで、あたしの周りには現れない。逆にお前はうろちょろするだけで、聞き込みはしてない。普通《ふつう》に考えて、不自然じゃん。ただの興味本意じゃ、こうはならない」

「そ、そういうもん……なのか」

思いもよらない着眼点だった。

今でも俺は、自分の行動に油断があったとは思ってない。

ただ、日浦《ひうら》の鋭《するど》さと周囲への感度が、異常だったのだ。

「べつに、隠《かく》したいならそれでもいい。正直、それ自体には興味ないから」

「……なら」

できれば、隠《かく》しておきたい。

俺が天使であることはともかく、相談者の想《おも》い人が日浦《ひうら》だってことは、絶対に明かせない。

日浦《ひうら》と敵対したとしても、そこだけは譲《ゆず》れなかった。

「……悪いが、俺は――」

「けど、ひとつ言っとく」

日浦《ひうら》が、スプーンの先をひょいっとこっちに向けて、そう前置きをした。

縫《ぬ》い付けられたように動けなくなって、俺はただ、次のセリフを待っていた。

「あたしは、お前のこと気に入った」

「……は？」

言葉の意味も、そう言った意図も、まったくわからなかった。

けれど、自分が喜んでいることだけは、なんとなく感じていて。

妙《みょう》に真剣《しんけん》なその目に、俺は引き込まれそうになっていた。

「バカでも、度胸あるやつは好きだ。それにプリンもうまかったし、ここにはまた来たい」

「お……おう、そうか」

正直いえば、俺は混乱していた。

なぜ今、自分がこんなことを言われているのか。

これから、どんなことを言われるのか。

考える暇《ひま》もなく、日浦《ひうら》があっさりした口調で、続けた。

「あたしはお前と、友達になりたい」

周りの音が、景色が、全部消えたような気がした。
そんなこと、言われたら。
いや、そういう話をするのなら。
「だから、鬱陶《うっとう》しい隠《かく》し事《ごと》されるのはヤだ」
なあ、日浦《ひうら》。
心の中で、名前を呼んだ。
お前、たぶんいいやつだよ。
ちゃんと話すの初めてなのに。
今だって、見方によっては追《お》い詰《つ》められてるのに、楽しいよ。
ずっと、心のどこかで感じてた。
それなのに、俺はほかのことで、頭がいっぱいで。
こうして日浦《ひうら》に言ってもらえるまで、全然気づけてなかったんだ。
「……」
俺だって、そうだよ。
確かめるように、言葉を嚙《か》み締《し》めた。
俺もホントは、きっとお前と友達に――。

「……わかった。全部、ちゃんと話すよ」

「ん。それで？」

当然だとでもいうように、日浦《ひうら》は続きを促《うなが》した。

軽い反応だな、と恨《うら》めしく思う。

俺が今、どれだけ覚悟《かくご》して返事をしたのか。

そんなことには、どうやら興味もないらしい。

「けど、もうちょっと時間をくれ。かたがついたら、俺の方から声かける。だから今は、なにも聞かないでほしい。……それでもいいか？」

「……そーか。じゃあ、待ってる」

その日、俺たちはもうそれ以上、なにも話さずに別れた。

LINEも交換《こうかん》しなかったし、次に俺が声をかけるまで、日浦《ひうら》が店に来ることもなかった。


それから二ヶ月後に、天使の相談者は日浦《ひうら》に告白を果たした。

結果はダメだったけれど、それでもあいつは、いい恋《こい》をしたと思う。

もちろん、日浦《ひうら》との約束のために相談の進行を急いだ、なんてことは、一切《いっさい》ない。

これはひとえに、あいつが自分の意志で、勇気を振《ふ》り絞《しぼ》ったおかげだ。

俺と日浦《ひうら》が再び話したのは、夏休みが始まる、ちょうど前日のことだった。

◆◆◆

気がつけば、教室はすっかり、静かになっていた。

外から聞こえていたテニス部の喧騒《けんそう》も、もう聞こえなくなっている。

「それで、仲よくなったの？」

ずっと話を聴《き》いていた湊《みなと》が、しばらくぶりに口を開いた。

くたびれた様子もないせいで、どれくらい時間が経《た》ったのか、わからなくなってしまう。

ただ、途中《とちゅう》で湊《みなと》がカバンから出した飲み物は、半分ほどまで減っていた。

「ああ。プルーフに呼んで、待たせたお詫《わ》びにパフェを奢《おご》った」

「天使だって打ち明けたのも、そのとき？」

「おう。けど、ふーんって言っただけで、そのあとすぐ、今からゲーセン行くぞ、ってさ」

「……日浦《ひうら》さんらしいわね」

「だな。大量にお菓子《かし》取らされたよ、ＵＦＯキャッチャーで」

あらためて思い出してみても、おかしな馴《な》れ初《そ》めだ。

思えば、いろいろと変な運が重なったんだろう。

でなきゃきっと、俺たちは今でも、他人のままだっただろうから。

「部活の話はどうなったの？」

「あー、それな。揉《も》めた三年はすぐ引退だったし、大丈夫《だいじょうぶ》かと思ったんだが……結局、今でもあんまり、部内での立ち位置はよくないな」

「そう……。けっこう複雑なのね、日浦《ひうら》さんも」

「あいつの方は、そこまでややこしくもないはずなんだよ。ただ、テニス部員側がな……」

あんないざこざがあったせいか、連中は未《いま》だに日浦《ひうら》を持て余してる感がある。

当の日浦《ひうら》だって、とても人付き合いが上手《うま》いとはいえないからな。

「けど、正確な原因とか、連中がどう思ってるかとか、はっきりとはわからないよ。日浦《ひうら》は部活の話、あんまりしたがらないからな」

「伊緒《いお》にも話さないのね」

「ああ。とりあえず、できるだけ部活には出ろ、とは言ってあるし、日浦《ひうら》もそうしてるみたいだけどな」

でなきゃ、ますます居場所もなくなってくだろうからな。

現状維持《いじ》のためにも、あんまり疎遠《そえん》にならない方がいいだろう。

もちろん、あいつが決定的に、部活に愛想尽《あいそつ》かさない限りは、だが……。

「今の部長の、双葉《ふたば》さん？　その人が、一昨日の喧嘩《けんか》の相手……なのよね？」

「そうだな。双葉美沙《ふたばみさ》。知ってるか？」

「いいえ。同じクラスになったこともない」

湊《みなと》が首を振《ふ》るのに合わせて、長い髪《かみ》がサラリと揺《ゆ》れる。

「でも、日浦《ひうら》さんに摑《つか》みかかるなんて、すごいわね、双葉《ふたば》さんって……」

「たしかにな。並大抵《なみたいてい》の度胸じゃない」

まあ、結局全部避《よ》けられたらしいけども。

しかし、こうして学校に来てみたものの、やっぱり特に収穫《しゅうかく》はなし、か。

「もう帰るの？」

「ん、ああ。用は済んだし、もうすぐバイトだからな」

本当は、空いた時間でちょっとでも課題を、と思ってたが、残念ながらそっちの進捗《しんちょく》はゼロだ。まあ、これはばっかりは仕方ない。

「……あ、そうだ。なあ湊《みなと》」

ふと妙案《みょうあん》が浮《う》かんで、俺は担《かつ》ぎかけていたカバンを、また机に置き直した。

不思議そうな顔で、湊《みなと》が俺を見上げる。

湊《みなと》にならいいだろう。それに今回は、ひとりじゃどうにもならないかもしれないからな。

……いや、今回も、か。

最近は、誰《だれ》かに助けてもらってばっかりだな。

「ちょっと、頼《たの》みがあるんだが」


伊緒《いお》から日浦《ひうら》さんの話を聞いた、その次の日。

「あぁ――っ！　また間違《まちが》えてる‼」

向かいの席に座る梨玖《りく》さんが、頭を抱《かか》えてテーブルに突《つ》っ伏《ぷ》した。

プルーフ内のお客さんが何人か、不審《ふしん》そうにこっちを見るのがわかる。

伊緒《いお》の妹なのに、やっぱり賑《にぎ》やかな子だ。

一方で、結び目の高いポニーテールは悲しそうに、しゅんと萎《しお》れている。

必死なのはわかるけど、大声を出すのはやめた方がいいわね。

「そんなに落ち込まないで。間違《まちが》えることなんて、この先何度もあるんだから」

「うっ……慰《なぐさ》められてるわけじゃなかった……」

梨玖《りく》さんが再び、ガクッと項垂《うなだ》れる。

残念だけど、私はそこまで甘くない。

もちろん、厳しくもないつもりだけれど。

今日は梨玖《りく》さんに頼《たの》まれて、受験勉強を見ることになっていた。

少し前に約束をして、場所はいつものお店に決まった。

ここなら長居しても、店長の明石《あかし》さんが大目に見てくれるらしい。

相変わらず、いいお兄さんだ。正確には従兄弟《いとこ》だけれど。

「梨玖《りく》ー。柚月《ゆづき》さんがいるんだから、頑張《がんば》れ。ほら、ハニーカフェオレ」

「えーん、ゆぎどぉ〜」

涙《なみだ》混じりの声を出しながら、梨玖《りく》さんが明石《あかし》さんに縋《すが》りつく。

なんだか、私がいじめてるみたいじゃない……？

とはいえ、梨玖《りく》さんの気持ちもわからないでもない。受験期は誰《だれ》でも、少なからずナーバスになるものだ。

梨玖《りく》さんは特に久世高《くぜこう》への志望度が高いみたいだから、なおさら。

詩帆《しほ》と同じ教え方でいこうかと思っていたけれど、もうちょっとくらい、優《やさ》しくしてあげてもいいかもしれない。

「せっかく間違《まちが》えたんだから、克服《こくふく》するいい機会よ。なにが、どうしてわからないのか、整理して。テストの目的は問題を解くことだけど、勉強の目的は、理解することなんだから。むしろ、今は間違《まちが》えた方が得なのよ」

勉強するときに、私がいつも考えていること。

こう思えば、もっと気楽に勉強ができる。

しっかりやることと、無駄《むだ》な緊張《きんちょう》感を負うことは別だもの。

「は、はい……柚月《ゆづき》先生」

弱々しい声で、梨玖《りく》さんが答える。

それでもまたペンを持って、ノートに向かうのは偉《えら》い。

学力は少し不安だけれど、モチベーション次第《しだい》でまだまだ合格できるはずだ。

責任は、それなりに重い。けれど私だって、彼女には後輩《こうはい》になってほしい。

梨玖《りく》さんはいい子だし、それに、この子には……うん、背中を押してもらったから。

「因数分解は、いくつか決まった形があるわ。高校でも使うから、覚えた方が早いわね」

「お、覚えます……」

「苦手意識があるのはわかるけど、それはただの意識よ。理解して、何度も解けば、きっと怖《こわ》くなくなるわ」

そこまで言って、私は因数分解のページを開いて、梨玖《りく》さんに見せた。

今からしばらくは、ここを重点的にやってもらうことにしよう。

弱点を確実に潰《つぶ》していけば、点数にも出やすい。

「終わったら教えて。質問も、いつでもしてくれていいわ」

「お、押忍《おす》！　頑張《がんば》ります！」

うん、やる気があるだけ、詩帆《しほ》よりずいぶん優秀《ゆうしゅう》だ。

あの子も受かったんだし、梨玖《りく》さんなら大丈夫《だいじょうぶ》だろう。

「柚月《ゆづき》さん、ちょっといい？」

解き終わるのを待つあいだ、持ってきた漫画《まんが》でも読もう。

そう思っていたところに、明石《あかし》さんから声をかけられた。

エプロンをはずしているのを見るに、休憩中《きゅうけい》だろうか。

「おいでおいで」

手招きされるがまま、私は『スタッフオンリー』と書かれたドアを、恐《おそ》る恐《おそ》るくぐった。

扉《とびら》の向こうは、六畳《じょう》ほどの小さな部屋だった。

ロッカーと簡単なシンク、それにポットや四角いテーブルが置かれている。

イスに座った明石《あかし》さんが、自分の向かいを手で示した。それに従って、私も腰《こし》を下ろす。

なんだか、面接をされるような気分だ。否《いや》が応《おう》でも、少し緊張《きんちょう》してしまう。

ただでさえ、なんの用なのかわからないのに。

「ありがとね、梨玖《りく》の勉強、見てくれて」

「い、いえ。約束してましたから。梨玖《りく》さん、熱心ですし」

そっか、と短く言って、明石《あかし》さんは柔《やわ》らかく笑う。

これが本題ではないのは、さすがに察しがついた。けれどそれでも、明石《あかし》さんが梨玖《りく》さんのことを思いやっているということは、よくわかった。

やっぱり、優《やさ》しい人だと思う。

だけどこの人は、きっとそれだけじゃなくて――。

「伊緒《いお》と、なにかあったね」

……そう、優《やさ》しいだけじゃない。

明石《あかし》さんは、少し怖《こわ》い。本当に、少しだけ。

底が知れないような。全て見透《みす》かされているような。

そんな怖《こわ》さが、この人にはあって。

「……どういう意味ですか」

「ううん、言葉通りだよ。なんとなく想像はついてるけど、具体的なことはわからない。だから、なにがあったのか聞きたいな、と思って」

穏《おだ》やかな声で、明石《あかし》さんが言う。

こうやって正直に尋《たず》ねられると、言《い》い逃《のが》れはかえって難しい。

そのことを、きっとこの人は知っている。

――だから、あなたは今のままでいい。

大切な出来事があった。

感謝している人、力になってあげたいと思っていた人に、自分なりに心を込《こ》めて、言葉をかけてあげることができた。

彼の方が実際、どう思っているかはわからない。

けれど、あのときの伊緒《いお》は。

鎖《くさり》から解けたみたいに笑って、頼《たの》むよって、そう言ってくれた。

あまり恥《は》ずかしくない程度に言葉を選んで、私は明石《あかし》さんに、あの日のことを話した。

なんでもないってごまかすには、この人はきっと、手強《てごわ》すぎるから。

「柚月《ゆづき》さんは、優《やさ》しいね」

私の話が終わると、明石《あかし》さんは目を細めて、すぐにそう言った。

そのセリフに言外の含《ふく》みがあることを、私は感じ取っている。

膝《ひざ》の上に置いた両手に、ぎゅっと力が入った。

「無理に新しい恋《こい》に向かわなくていい。あの子のことを好きなまま、自分のことをゆっくり見守る。それに、柚月《ゆづき》さんも付き合う。つまり、そういうことだね」

「……はい」

ドアの向こうから、店内の喧騒《けんそう》がかすかに漏《も》れてくる。

梨玖《りく》さんは、もう問題を解き終わっただろうか。

今のあいだ、私に質問したいことはなかっただろうか。

そんなことを、逃《に》げるように考えた。

「きっと、伊緒《いお》は嬉《うれ》しかっただろうね」

「……そうだといいんですけど」

短くはぁっと息を吐《は》いて、明石《あかし》さんが手元のマグカップのスプーンを、ゆっくりと動かす。

次の言葉を待つ時間が、とんでもなく長く感じられた。

「俺は、それじゃダメだと思うよ」

ズキッと胸が痛んで、身体《からだ》が冷たくなった。

「……どうしてですかっ」

思わず、声がかすれそうになった。

だって、私たちは。

私は、それが一番だと思ったから。

伊緒《いお》にはそれしかないって。私たちにできるのは、それしかないって。

今だって、たしかにそう思っている。

なのに、どうして。

「無理にでも忘れて、次の恋《こい》に向かうべきだ。いや、あの子を忘れるためだけに、新しい恋《こい》をしてもいいくらいだよ。でないと、抜《ぬ》け出《だ》せない。あいつは真面目で、あいつの周りだって、みんないい子たちだから。きみがそうであるように」

「……でも、そんなのは」

「ドツボにハマるよ、あいつ」

そこで……その言葉で、やっと気がついた。

この人が怖《こわ》いんじゃない。

私が、恐《おそ》れているだけだ。

明石《あかし》さんはどこまでも優《やさ》しくて、ただ、伊緒《いお》や梨玖《りく》さんのことが、本当に大切で……。

「べつに、相手が死んでいるなんて、そんなことは関係ないんだよ。ただの失恋《しつれん》の一種だ。少しショックが大きくて、特別に思えるだけで、ほかのそれらとなにも変わらない」

だからこそ今、こうして私に、伊緒《いお》に、強い言葉をかけるんだ。

自分がいやな人になることに、抵抗《ていこう》がないんだ。

「これからたくさん、ちゃんと恋《こい》をするために。今は無理にでも、乗《の》り越《こ》えた方がいい。だってあの子は、もういないんだから」

そこまで言い終えて、明石《あかし》さんはマグカップの中身を、一気に飲み干した。

普段《ふだん》のこの人には似合わない、少し荒《あら》っぽい仕草だった。

なにも言えなかった。

そんな自分がいやで、逃《に》げ出《だ》したかった。

でも、この人は逃《に》げない。

真っ向から私に、私の行為《こうい》に、苦言を呈《てい》している。

言わないといけない。怖《こわ》くても。罪悪感や不安に、押しつぶされてしまいそうでも。

「私は……そうは思いません」

「うん、そうだろうね」

「伊緒《いお》の今の気持ちも……大事にしてあげたいんです。そうしてあげて、ほしいです」

明石《あかし》さんの瞳《ひとみ》が、穏《おだ》やかに揺《ゆ》れている。

私は今にも泣き出しそうで。

でも、自分のためにも、伊緒《いお》のためにも、ここで泣くわけにはいかなくて。

ただ机の下で拳《こぶし》を握《にぎ》って、崩《くず》れ落《お》ちてしまわないように、耐《た》えるしかなかった。

耐《た》えてほしかった。

「ごめんね、柚月《ゆづき》さん」

「……」

「贅沢《ぜいたく》なお願いだけど、俺のこと、嫌《きら》いにならないでほしいな」

嫌《きら》いになんて、ならない。

なれる立場じゃない。

それどころか、私は、私自身のことが。

「俺もあの頃《ころ》から、いろいろ考えてるんだ、こう見えてね。だけど、従兄弟《いとこ》のお兄ちゃんにできることには、限界があるから」

悲しそうに笑って、明石《あかし》さんが言う。

私には、この人ほどの覚悟《かくご》があるだろうか。

この人に負けないくらい、伊緒《いお》のことを、考えてあげられているだろうか。

「ねえ、柚月《ゆづき》さん」

「……はい」

「俺たちの意見は、真っ向から対立してるね。さっきは偉《えら》そうに言ったけど、実際のところ、どっちの考えが正しいかなんて、判断はできない。でもひとつだけ、折衷《せっちゅう》案を取れる方法がある。俺は、そこに気がついた」

「折衷《せっちゅう》案……ですか？」

「うん。きっとこれが、今俺たちが取れる、一番優秀《ゆうしゅう》で、素敵《すてき》な方法だ」

気がつけば、明石《あかし》さんからはさっきまでの、張《は》り詰《つ》めた印象が消えていた。

今目の前にいるのは、いつもお店で伊緒《いお》をからかっている、あの柔和《にゅうわ》で、いたずらっ子みたいなお兄さんだった。

「きみが、彩羽《あやは》さんのことを忘れさせてやればいい」

「……ふぇっ⁉」

そ、それは……つまり、その……。

ええ。

「うん、やっぱり何度考えてもウィンウィン、いや、ウィンウィンウィンなアイデアだ。もちろん、きみさえよければ、の話だけどね」

最後にパチリと、上手すぎるウィンクをして。

弾《はず》むような軽い足取りで、明石《あかし》さんが立ち上がる。

「じゃあ、ありがとね柚月《ゆづき》さん。お詫《わ》びに今度、好きな飲み物ごちそうします」

楽しそうにそう言って、明石《あかし》さんがドアの向こうに消えた。

何度、考えても……。

グルグルする頭で、私は思考を巡《めぐ》らせる。

ほっぺたが熱くて、心臓がドキドキと、胸《むね》の奥でうるさい。

一番優秀《ゆうしゅう》で、素敵《すてき》な方法。

たしかに、そうかもしれない。

『私さえよければ』。その条件だって、きっと……。

だけど……だけどっ！

「…………ええ」

梨玖《りく》さんのことが、心配なはずなのに。

私はそのあとも、しばらく休憩《きゅうけい》室から出られなかった。

詩帆《しほ》に会って、話したい。そんなことを思ってしまうあたり。
やっぱり今の私は、かなり混乱しているに違《ちが》いなかった。

——第三章—— 恋するクラゲはオレンジ色

この日も、俺は朝から夕方までバイトだった。

なぜかいつにも増してニヤニヤしていた有希人《ゆきと》のダル絡《がら》みをかわしながら、制服に着替《きが》えて店を出る。

外はまだ明るく、ときめき坂はうっすら橙《だいだい》に染まっていた。

「……暑いな、おい」

八月もそろそろ後半。日々の熱気は止《と》まるところを知らない。

夏は暑くて嫌《きら》いだ。でも、冬はもちろん、寒くて嫌《きら》いだ。

どうにもここ数年、快適な気温の期間が徐々《じょじょ》に短くなっている気がする。どうにかしてくれ、まったく。

「嘆《なげ》かわしいことだ」

「……なにを嘆《なげ》いてるんだ」

と、不意に横から声をかけられた。

見ると、やたら涼《すず》しげな空気をまとった美少年、鷹村煌《たかむらこう》が、坂を下ってくるところだった。

鷹村《たかむら》とは、帰りの電車で図《はか》らずも顔に触《さわ》った、あの日以来だ。

「世界の悲しい変化についてだよ」

「それはまた、壮大《そうだい》だな」

俺のふざけた調子を読み取ったらしく、鷹村《たかむら》はさっさと塩対応に切《き》り替《か》えていた。

相手が女子じゃこうはいかないくせに、生意気なイケメンだ。

「以前にも、この辺りで会ったな。家が近い、というわけじゃなさそうだが」

「ん、ああ。夜に瀬名《せな》といたときな。バイトだよ、ここで」

言いながら、俺は後ろにあるプルーフを指差した。

ところで、瀬名《せな》の名前が出たのに合わせて、鷹村《たかむら》は少し居心地《いごこち》の悪そうな顔になっていた。

花火大会で瀬名《せな》に告白されて、こいつはそれを断った。

そのせいで、さすがにまだ気まずいんだろう。気持ちはわかる。

「バイト……カフェでか。お前が」

「なんだよ、悪いか」

「いや、意外だというだけだ。接客が好きそうには見えなかったからな」

「あー、まあ、たしかにそうかもな」

最初は、わりと苦手意識もあったし。

でも、お前には言われたくない。

「従兄弟《いとこ》の店なんだよ。店名『プルーフ』だろ。英語で『証《あかし》』。で、明石《あかし》」

そう説明すると、鷹村《たかむら》は一瞬《いっしゅん》考える素振《そぶ》りを見せたが、すぐに得心がいったように頷《うなず》いた。

実はダジャレだった。ただ、有希人《ゆきと》は気に入ってるらしい。

「ところで、制服ってことは、学校帰りか？」

「ああ。部活だ」

「文芸部ね。……瀬名《せな》は一緒《いっしょ》じゃないのか。あいつも家、この辺だろ」

と、鷹村《たかむら》には悪いが、ちょっと意地悪な質問をさせてもらう。

こいつが瀬名《せな》に対して、今どう接しているのか。それが気になる。

もちろん、これは天使としてじゃなく、瀬名《せな》の……それから、鷹村《たかむら》の友達として、だが。

「……家は近いが、帰り道が一緒《いっしょ》になることは少ない。それに、あいつはまだ学校だ。友達に会いに行くと言って、部室を飛び出していった」

と、いうことらしい。

依然《いぜん》気まずさは感じるが、幸いそこまでネガティブな感じじゃなさそうだ。

「お前は、気づいてたのか。瀬名《せな》の気持ちには」

またしても、踏《ふ》み込んだ質問。鷹村《たかむら》には早めに、俺の立場を伝えておこう。

花火の日のこと、知らないふりしてたら、この先疲《つか》れるだろうしな。

鷹村《たかむら》は驚《おどろ》いたように目を見開いて、少しのあいだ黙《だま》っていた。

それからかすかに首を振って、はぁっと大きなため息をつく。

悪いとは思ってるから、そういやそうな顔するなよ。

「……なんとなく、感じてはいた」

「ふぅん、そうだったのか」

「ただ……俺は」

「あー、いいって。それ以上は、べつに聞くつもりもないしな」

「……」

「みんな、いろいろあるだろ。とりあえず、お疲《つか》れ」

俺がそう言っても、鷹村《たかむら》はまだ苦しそうに、顔を歪《ゆが》めていた。

真面目なやつだ。

そしてたぶん、だからこそこいつは……。

「じゃあ、またな。瀬名《せな》によろしく」

「あ、ああ……また」

鷹村《たかむら》に手を振《ふ》って、俺は駅を目指して坂を登る。

バイトは疲《つか》れたし、腹も減った。

が、今日はまだ、俺にはやることが残っていた。

◆　◆　◆

久世高《くぜこう》に着いた頃《ころ》には、辺りもだんだんと暗くなり始めていた。

吹奏楽《すいそうがく》の音や運動部の喧騒《けんそう》が、遠くから響《ひび》いてくる。

帰宅部の俺には、夕方の学校はあまり縁《えん》がない。新鮮《しんせん》な気持ちになりながら、校門のそばでそのときを待つ。

少なからず、緊張《きんちょう》していた。たぶん、不審《ふしん》がられるだろう。

だがほかの策を考えるより、まずはなによりも、この手を試《ため》してみるべきだ。

しばらくそうしていると、ひと際《きわ》大人数のグループが、こちらへ向かって歩いてきた。

ジャージ姿に、特徴《とくちょう》的な形のカバンを、揃《そろ》って肩《かた》に掛《か》けている。

女子硬式《こうしき》テニス部の一団。その中に、俺の目当ての人物はいた。

「双葉《ふたば》」

声をかけると、テニス部部長、双葉美沙《ふたばみさ》は弾《はじ》かれたように歩みを止めた。

日浦《ひうら》ほどではないが、気の強そうな目。さっぱりした印象のウルフカット。

こっちを見るなり、双葉《ふたば》はあからさまに警戒心《けいかいしん》を強めた。

急に知らない男子に話しかけられたからか、それとも……。

「今、ちょっといいか」

「……なに？」

「聞きたいことがある。できれば、ふたりで話したい」

小細工はしない。

日浦《ひうら》とのいざこざ、その正確な背景を知るには、本人に直接聞くのが一番だ。

ダメなら、そのとき次の案を立てればいい。

双葉《ふたば》は少し、考えているようだった。足元から頭の先まで、無遠慮《ぶえんりょ》に俺を観察する。

ほかの部員たちは、どこか不安そうに、その様子を見守っていた。

「わかった。いいよ」

「そうか、助かる」

どうやら、アポが取れたらしい。ひとまずは、第一段階クリアだな。

双葉《ふたば》は部員たちにひと声かけて、グループから抜《ぬ》け出《で》てきた。連中は何度かこっちを振《ふ》り返《かえ》りつつ、校門を抜《ぬ》けていく。

俺は双葉《ふたば》を促《うなが》して、通り脇《わき》の木陰《こかげ》に移動した。

近くにある小さな建物から、かすかに声がする。

たしかカルタ部とか、文芸部が使っている施設《しせつ》だったはずだ。

「それで？」

カバンも下ろさずに、双葉《ふたば》が短く言った。

声に抑揚《よくよう》がないせいで、心情が読めない。

「単刀直入に聞く。日浦《ひうら》と、なにがあった」

途端《とたん》、双葉《ふたば》の目つきがわかりやすく、鋭《するど》くなった。

「もしかしたら、その話じゃないかも。そう思った私がバカだった」

「……」

「あんた、明石《あかし》でしょ。日浦《ひうら》の……まあ、よくわかんないけど、いつも一緒《いっしょ》にいる」

ああそうだよ。よくわかんない男子、その一だよ。

まあ、いつも一緒《いっしょ》ってこともないけどな。

「喧嘩《けんか》したってのは、あいつから聞いてる。けど、やりすぎじゃないか？　日浦《ひうら》はあんなだけど、べつに――」

「あんたに、どういう関係があるの？」

俺の言葉を遮《さえぎ》って、双葉《ふたば》が言った。

今度は明確に、敵意がこもっていた。

思わず怯《ひる》みそうになるが、こっちもそう簡単に、引き下がるわけにはいかない。

「直接関係はないが、日浦《ひうら》は友達だ。当然気にするし、心配にもなる」

「友達……。彼氏《かれし》だ、とかならともかく、それでわざわざ出待ち？　迷惑《めいわく》だから、普通《ふつう》に」

「急に声かけたのは謝る。でもお前だって、あいつと揉《も》めたいわけじゃないはずだ。変わり者だけど、悪いやつじゃない。それは、お前にもわかるだろ」

「……どうして、あんたにそんなこと」

苦しそうに顔をそらして、双葉《ふたば》は弱々しく言った。

揉《も》めたって、お互《たが》いにいいことはない。できるなら、わだかまりは解消するべきだ。

「日浦《ひうら》に負けたのが、そんなに悔《くや》しかったのか？」

「っ……！」

もっと、具体的な話をしよう。

そのためのセリフだったが、双葉《ふたば》はピクッと肩《かた》を震《ふる》わせて、表情を変えた。

さっきまでとは比べものにならない怒気《どき》をまとって、俺の目をキッと睨《にら》む。

マズいか、とも思ったが、ここでやめれば、なんの収穫《しゅうかく》も得られない。

「そりゃ……俺にはお前が部活に懸《か》ける気持ちとか、わからないけどさ」

「……」

「でも、なにも摑《つか》みかかるほどのことじゃ――」

そこで、ドンっという音とともに、重い衝撃《しょうげき》が来た。

双葉《ふたば》が投げたテニスバッグが、俺の肩《かた》にぶつかって、地面にぼとりと落ちていた。

「なんにも知らないくせにっ！」

震《ふる》える声で、双葉《ふたば》が甲高《かんだか》く怒鳴《どな》った。

目に涙《なみだ》を溜《た》めて、唇《くちびる》を強く嚙《か》んでいた。

「口挟《はさ》まないで！　今度話しかけたら、大声出すから！」

吠《ほ》えるように叫《さけ》んで、双葉《ふたば》は荒《あら》い手つきでカバンを拾った。

くるりと背を向けて、髪《かみ》を振《ふ》り乱《みだ》して走り去る。

息を止めていたことに気がついて、俺は一度、長い深呼吸をした。

「……失敗、だな」

心臓がバクバクと、早鐘《はやがね》を打っていた。

罪悪感と不甲斐《ふがい》なさに襲《おそ》われて、全身から力が抜《ぬ》けたようだった。

人を怒《おこ》らせるってのは、どうしても心にくるものがある。

「やっぱり……明石伊緒《あかしいお》としての俺は、ただのモブなんだろうな……」

こうなることを、予想してなかったわけじゃない。もともと、ある程度は覚悟《かくご》のうえだ。

あいつの言う通り、俺はあくまで部外者だからな。

「……ふぅ」

もう一度長い息をして、俺はその場で目を閉じる。

考えなきゃならない。

これからどうするか。次は、どうするのか。

なんだか最近は、難しいことばっかりだ。


「あの方は、歪《ゆが》んでいます」


暗い視界の中で、ふとそんな声がした。

目を開けて、隣《となり》を見る。

そこにはいつの間にか、背の低い女の子が立っていた。

月のように静かに輝《かがや》く銀の髪《かみ》が、緩《ゆる》やかな風を受けて踊《おど》る。

肩《かた》に掛《か》けた竹刀《しない》と同じくらいに、背筋がピンと伸《の》びていた。

「歪《ゆが》みは心を蝕《むしば》みます。きっとあの方も、自覚しているのでしょう。この闇《やみ》は、とてもありふれたものです。しかしだからこそ、飼い慣らすのは難しい」

囁《ささや》くように繊細《せんさい》な、それでいて、よく通る声だった。

その子はこっちを向かず、ただ双葉《ふたば》が去ったあとの残像を、まっすぐ見つめていた。

少しだけ呆気《あっけ》に取《と》られて、すぐに思った。

俺は、この子を知っている。

久世《くぜ》高《こう》三大美女の下に控《ひか》える、プラスフォー。

二年生では日浦《ひうら》と、山吹歌恋《やまぶきかれん》だけが該当《がいとう》する、四人の美少女。

そのひとりに名を連ねる一年生、剣道《けんどう》部、白濱依舞《しらはまいぶ》だ。

それはそれとして、どこから現れたんだ、こいつは……。

「すみません。盗《ぬす》み聞《ぎ》きするつもりはなかったのですが」

スッとこちらに向き直り、白濱《しらはま》はペコリと綺麗《きれい》なお辞儀《じぎ》をした。

自然と、こっちまでかしこまってしまいそうになる。

この迫力《はくりょく》、というかオーラは、さすがプラスフォーだ。

「いや、いいよ。騒《さわ》いでたこっちが悪い」

「ハラハラしてしまいました」

「俺もだよ。もっと慎重《しんちょう》にやるべきだった」

と、なぜか無関係の白濱《しらはま》に反省を述べてしまった。

それだけ、俺も動揺《どうよう》してるのかもしれないな……。

「ところで……さっきお前が言ったの、どういう意味だ？」

「いえ、なんでもありません。未熟者の戯言《たわごと》です、忘れてください」

白濱《しらはま》は丁寧《ていねい》に、しかしキッパリとした口調で言った。

これ以上追及《ついきゅう》しても無駄《むだ》。そう思わせる意志の強さを感じる。

「むしろ、失礼しました。気になってしまって、つい余計な口出しを」

「……まあ、余計だってのに関しちゃ、俺も人のこといえないよ」

「……」

俺の独り言みたいな返事にも、白濱《しらはま》はただコクンと頷《うなず》くだけだった。

なんとなく、見透《みす》かされてるような気分になる。

「それでは、さようなら。幸運を祈《いの》っています」

最後に再び礼をして、白濱《しらはま》はあっさりその場を後にした。

校舎の方に歩いていく後ろ姿を、しばらくぼおっと眺《なが》める。

俺はそのあいだ、白濱《しらはま》のセリフを頭の中で反芻《はんすう》した。

——歪《ゆが》みは心を蝕《むしば》みます。きっとあの方も、自覚しているのでしょう。

正直、意味はよくわからない。

通りすがっただけの白濱《しらはま》の言葉に、意味なんてないのかもしれない。

もう一度、遠くで揺《ゆ》れる銀色の髪《かみ》に目をやる。

きちっと切《き》り揃《そろ》えられた毛先が、歩みに合わせて上品に揺《ゆ》れていた。

「……ん？」

そのとき、突然《とつぜん》現れた友人らしき女子が、白濱《しらはま》にガバッと抱《だ》きついた。

短いスカートに、白濱《しらはま》のそれと対《つい》をなすような、明るい色のサイドポニー。

見覚えがある……というか、どう見ても俺の後輩《こうはい》、瀬名光莉《せなひかり》だった。

「どういう組み合わせだよ、そこは……」

真逆すぎるだろ、キャラが。

◆◆◆

そして、また次の日。

『京都駅《きょうと》で待ち合わせ』

電車の中で、昨晩御影《みかげ》から送られてきたメッセージを、なんとなく見返してみる。

ずっと既視感《きしかん》があったが、今わかった。

これはあの日、一緒《いっしょ》に大阪《おおさか》に行ったときと、同じ文面だ。

前はメールで、今回はLINE。違《ちが》うのは、ただそれだけ。

だからどうってことはないが、ちょっと懐《なつ》かしい気持ちになる。御影《みかげ》のことだから、たぶんわざとだろう。

今日は、少し前に御影《みかげ》に誘《さそ》われた、水族館の日だった。

メンバーはあろうことか、俺とあいつのふたりきり。

若干《じゃっかん》、心配ではある。なにせ御影《みかげ》は、年上の幼馴染《おさななじみ》である響希《ひびき》と、付き合っている設定だ。

久世高生《くぜこうせい》に出くわす可能性は低いが、もちろんゼロじゃない。

変装で対処する、と御影《みかげ》は言っていた。具体的には、サングラスやマスクを使って。

声をかけられでもしない限り、それならなんとかなるだろう。

そういう話になっていたのだが……。

「やあ、伊緒《いお》くん。おはよう」

改札を出て、中央口から駅の外へ。

京都《きょうと》タワーを臨《のぞ》むロータリーに着くと、御影《みかげ》が待っていた。

「おう……おはよ」

「ありがとう。来てくれて嬉《うれ》しいな」

御影《みかげ》はふふっと、花が咲《さ》くみたいに笑った。

こんなセリフがわざとらしく聞こえないのは、やっぱり御影《みかげ》のすごいところだ。

歯の浮《う》くような、ってほどじゃないにしても、ストレートすぎて、俺には言えない。

いったい、どういう仕組みなんだろうか。

「ごめんね。変装、伊緒《いお》くんにさせてしまって……」

その言葉で、俺は思わず自分のマスクを触《さわ》った。

そう、結局、顔を隠《かく》すのは俺の方になったのだ。

御影《みかげ》と合流したので、ここからはサングラスもかけておくことにする。

「いや、気にするなよ。たしかに瀬名《せな》の言う通り、俺がこうした方が理にかなってるからな」

ことのあらましはこうだ。

昨日の夜、いきなり瀬名光莉《せなひかり》から電話がかかってきた。

何事かと思って出ると、あいつはなぜかキレ気味に、そして矢継ぎ早に言った。

『どう考えても、明石先輩《あかしせんぱい》が変装するべきじゃないですか。バカなんですか』

『だって御影先輩《みかげせんぱい》は、幼馴染《おさななじみ》と付き合ってることになってるんですよ？　明石先輩《あかしせんぱい》が変装しておけば、もし誰《だれ》かに見られたって、先輩《せんぱい》がその幼馴染《おさななじみ》だってことにできるじゃないですか』

『モデルやってる設定なんですから、変装しててもおかしくないでしょ！』

『顔見られちゃダメに決まってるじゃないですか。久世高生《くぜこうせい》に会ったら、先輩《せんぱい》だけ逃《に》げるんですよ』

『それくらい考えればわかりますよね。あんなにかわいい御影先輩《みかげせんぱい》にマスクとサングラスさせるなんて、意味不明です。最低。バカ。オシャレしたいんですよ、女の子は』

今思い出しても、なんであんなにキレられたのかは不明だ。

おかげで夕食後に、サングラスを探して外を走り回る羽目になった。

幸いすぐに手に入ったが、こうして着けてみると、普通《ふつう》に怪《あや》しい。

そもそも、なんであいつが今日の予定のこと知ってるんだよ……。

「顔、ちゃんと隠《かく》れてるか？」

「うん。お忍《しの》びの芸能人みたいだよ」

「あ、はい、そりゃどうも……」

芸能人っていうより、不審者《ふしん》っぽい気もするけどな。

「なんだか秘密のデートみたいで、ドキドキするね」

「でっ……そ、そうか……？　っていうか、あんまりそういうこと言うなよ……」

「おや、どうして？　男と女がふたりで出かけるのは、デートだよ」

「あー、わかったわかった。そういや、お前はそういう考え方だったな……」

口元に手を当てて、御影《みかげ》はクスクスとイタズラっぽく笑う。

またしても、懐《なつ》かしいセリフだ。

妙《みょう》な格好の俺に対して、御影《みかげ》はフレアスリーブでフリルのついた、薄《うす》いブラウスを着ていた。

左右で丈《たけ》の違《ちが》うコンビスカートを合わせ、薄紫《うすむらさき》のリボンが華《はな》やかなサンダルが目を引く。

夏らしく、全体的に涼《すず》しげで、普段《ふだん》よりもカジュアルな印象。

だがそれでも、広い襟元《えりもと》に光る小さなネックレスとか、左手に着けたダブルラインのブレスレットとか。

そういう小さなオシャレを欠かさないところなんかは、さすが御影《みかげ》だなと思う。

「今日も暑いね。水族館、涼《すず》しいといいんだけれど」

「……え、ああ。そうだな」

と、つい反応が遅《おく》れてしまった。

べつに見惚《みと》れてたとか、そういうわけじゃないんです。いやホントに。

「あ……えっと、変かな……？　ちょっと、いつもと違《ちが》った服にしてみたんだけれど……」

言いながら、御影《みかげ》はひらりと体を揺《ゆ》らして、控《ひか》えめにこちらを見た。

こんなに着こなしているのに、なぜか不安げ。理解不能だ。

そして、その上目遣《うわめづか》いはやめてください。

「……いや、変じゃないって」

それどころか、大変いいと思います。

まあ、そんなこと直接は言えないけども。

「ほ、本当？　……似合う？」

「えっ……」

おい、結局直球で聞くのかよ……。

そりゃもちろん、当然ながらめちゃくちゃ似合ってる。

何度会っても見慣れない、圧倒的《あっとうてき》な美少女っぷりだ。

けど、そのままそう答えるのは、さすがにいろいろと……うん、アレだ。

「ま、まあ……そうだな。悪くない、というか、なんというか……」

……いや、三大美女相手に、何様なんだ俺は……。

あぁ、もう、どうにでもなれだ。

なんて答えてもダメなら、いっそ腹を括《くく》れ、明石伊緒《あかしいお》よ。

「……うん、似合うよ。いつも感心する」

「えっ……そ、そうかな……。そっか……ふふっ、ありがとう。ふふふ」

照れたように、そして、嬉《うれ》しそうに笑って。

御影《みかげ》はくるりと背を向けて、身体《からだ》の後ろで手を組んだ。

そして、振《ふ》り返《かえ》るようにこっちを見て、弾《はず》んだ声で言う。

ちらっと覗《のぞ》いた左耳に、見覚えのあるイヤーカフがきらりと光っていた。

「行こう。ね、伊緒《いお》くん」


俺たちは大きな交差点を渡《わた》って、すぐそこの建物に入った。

並んで階段を降りると、シックな印象のレストランホールに出る。

この辺りのランドマークである京都《きょうと》タワー、その真下、『京都《きょうと》タワーサンド』だ。

水族館の前に、ここで昼メシを食うことになっている。

「おお……中はこんな感じなんだな」

「素敵《すてき》だね。賑《にぎ》やかだけど、落ち着いた雰囲気《ふんいき》で」

少しそわそわした様子で、御影《みかげ》はキョロキョロとホール内を見渡《みわた》した。

クレープとタピオカ、中華料理《ちゅうか》、ちょっと高めの回転寿司《ずし》、ラーメン。バラバラなジャンルの店が、それでもどこか統一された空気をまとって、ずらりと並んでいる。

バーもいくつかあるせいか、大人っぽい印象が強かった。

若干《じゃっかん》、場違《ちが》い感がある。高校生のお子ちゃまだからな。

まあ、御影《みかげ》だけなら普通《ふつう》に様になってるけども。

「もう店は決めてるのか？」

「うん。ただ、実際に来てみると迷ってしまうね。どこも魅力《みりょく》的だ」

言いながら、御影《みかげ》は俺を促《うなが》して、ススっとホールの奥へ。

「ここ」と指差したのは、なんとも意外な店だった。

「ハンバーガー……なのか」

しかも、けっこうボリュームがありそうだ。

そこそこいい値段もする、いわゆるグルメバーガー、というやつだろうか。

「好きじゃない？」

「いや。ただ、御影《みかげ》っぽくないなって」

「おや、そうかな」

まあ、ジャンキーだからな。

どっちかというと、日浦《ひうら》が来たがりそうだ。

てっきり、さっき見かけたパンケーキとかを選ぶのかと。

「男の子は、こういうものの方が嬉《うれ》しいかなって。ちゃんとお腹《なか》も空《す》かせてきたしね」

得意げに胸を張って、御影《みかげ》が言う。

お気遣《きづか》いどうも。そして、気合入ってるな。

「ならまあ、せっかくだしここにするか」

「やった。ありがとう」

ニコッと笑って、御影《みかげ》はすぐ近くにあったふたり席に荷物を置いた。

よく見ると、意外と女性客の割合も高い。というより、男女のペアが多かった。

それになんとなく、ここなら他の店よりも馴染《なじ》めている気がする。

案外、いいチョイスなのかもしれないな。

俺たちはカウンターに並んで、揃《そろ》って普通《ふつう》のハンバーガーを注文した。といっても、ポテトと合わせて約千円なので、まあまあの贅沢《ぜいたく》品だ。

ただ、出てきたバーガーは見た目も迫力《はくりょく》があって、普段《ふだん》ファストフードで食べるそれとはやはり別物だった。

なんと、フォークとナイフで食べるらしい。

「テンション上がるな、これ」

「新鮮《しんせん》だね。ワクワクするよ」

御影《みかげ》と顔を見合わせて、フォークに刺《さ》したひと口目を同時にパクリ。

肉厚で、味も匂《にお》いも本格的だ。っていうか、シンプルに肉がうますぎる。

これがグルメバーガーか……。

「おいしいね。ここにしてよかったな」

「さすが、御影《みかげ》のセンスだな」

こういう店選びとか、全然はずさなさそうだもんな。

「楽しみだね、京都《きょうと》水族館。イルカショーもやるみたいだよ」

ハンバーガーを丁寧《ていねい》に切り崩《くず》しながら、御影《みかげ》が言った。

「イルカショーね。なんか懐《なつ》かしいな、そういうの」

小さい頃《ころ》、一度だけ見たような覚えがある。

梨玖《りく》と一緒《いっしょ》に前の方の席に座ったら、水飛沫《みずしぶき》を浴びまくって大変だった。

サメショーはないのか、なんてバカ言ってたのが、遠い昔のことみたいだ。

いや、今もあんまり変わってないか、そこは。

「私も何年も前に、家族で見たきりだよ」

「家族か。そういや、御影《みかげ》って兄弟とかいるのか？」

つい気になって、聞いてみた。

もしいるなら、御影《みかげ》みたいに美男美女なんだろうか。

「ううん、ひとり娘《むすめ》だよ。だから伊緒《いお》くんみたいに、妹がいるのは羨《うらや》ましいな」

「そうか？　でもまあ御影《みかげ》なら、妹でも姉でも似合いそうだな」

「ふふ。それは嬉《うれ》しいね」

「かわいがられそうだし、面倒《めんどう》見もよさそうだからな」

御影《みかげ》の兄弟なんて、さぞかし幸せ者だろう。

「親は、どんな人たちなんだ？」

やっぱり美形なのか、と言いそうになって、ギリギリで踏《ふ》み止《とど》まった。

「やっぱりって？」とかなんとか聞き返されて、気まずくなるのが目に見えてる。

「どんな、と言われると難しいね。ただ、ふたりとも大好きだよ。尊敬しているし、すごくよくしてくれる」

「おぉ……それは、ますます気になるな」

この御影《みかげ》を産んで、育てた両親。

間違《まちが》いなくただものじゃない。

「これからは、もっと親孝行をしたいな。中学の頃《ころ》の出来事のせいで、かなり心配をかけてしまったから……」

「あぁ……なるほどな」

たしかに、親は気が気じゃなかったろうな。不登校の期間もあったわけだし。

しかし、やっぱり御影《みかげ》だな。こんなこと、普通《ふつう》はなかなか言えないぞ。

「……でも、伊緒《いお》くんなら、両親にも紹介《しょうかい》したいな」

「いや、なんでだよ……」

どういう紹介《しょうかい》なんだ……。

そして、恐《おそ》れ多《おお》いわ。


それから、俺たちはハンバーガーをなんとかたいらげて、京都《きょうと》タワーサンドを出た。

満腹だし、すでに満足だが、本番はこれから。

西へ歩いて十五分、目指すは京都《きょうと》水族館だ。

「素敵《すてき》な関係だね、亜貴《あき》と伊緒《いお》くんは」

道中、俺は前に湊《みなと》に話したことを、ざっくり御影《みかげ》にも説明した。

つまり日浦《ひうら》との馴《な》れ初《そ》めや、天使の相談の始まりについて。

もちろん、ちからに関係する部分は省いた。

「どうしてそんなに仲がいいのか、わかった気がする。そっか……ふふっ」

なぜだか、御影《みかげ》は嬉《うれ》しそうだった。

仲がいい、というところを、否定する気はない。

俺はあいつのことが好きだし、変な言い方だが、あいつも俺には懐《なつ》いてくれてると思う。

「だけど、少し寂《さび》しいな。私の誘《さそ》いは断られてしまったのに、亜貴《あき》とはテニスに行ったんだね」

「うっ……それは……」

頭の中に、ギクっという文字が浮《う》かんだ。

御影《みかげ》が言っているのは、最初にこの水族館の話が出た、あの日の電話でのことだろう。

明日でもいい、という御影《みかげ》の提案を、俺は先約を理由に断った。

しかしその後、俺はプルーフで日浦《ひうら》に誘《さそ》われて、翌日にテニスに出かけた。

御影《みかげ》にしてみれば、自分より日浦《ひうら》を優先されたように見えるのは当然だ。

これは、悪いことしたな……。

「よ、予定は夕方からだったんだよ……！　天使の相談があって、お前と出かけるのは難しくてさ……。その点、テニスは昼過ぎには終わるかなって……思いまして……」

「ふぅん、そっか。へぇ」

「ぐっ……わ、悪かったよ、ホントに……。頼《たの》むから、なんとか許してくれ」

拗《す》ねたように口を尖《とが》らせる御影《みかげ》に、観念して両手を合わせる。

緊急事態《きんきゅう》で、事情もあったとはいえ、こればっかりは本当に申し訳ない。

「ふふっ、冗談《じょうだん》だよ。怒《おこ》ってないし、そんな資格もないさ」

「そ、そうか……？　いや、でもホント、すまん」

「もう、いいって言ってるのに。でもそれじゃあ、今日は私がやりたいことに、とことん付き合ってもらおうかな。それで、もう終わり。どうだろう？」

と、御影《みかげ》さんからそんなありがたいお言葉が出た。

なんと心が広い。それでいいなら、こちらとしては非常に助かる。

「ぜひ、それでお願いします」

「やった！　じゃあ、よろしくね」

ニコッと笑って、御影《みかげ》が綺麗《きれい》なウインクをする。

もともと、水族館に行きたいって言ったのは御影《みかげ》だ。今日は黙《だま》ってついてくことにしよう。

「それにしても……心配だね、亜貴《あき》」

ふと思い出したように、御影《みかげ》が言った。

いつの間にか、周りの景色に緑が多くなってきていた。

水族館まで、もうあと少し。

たしか、デカい公園の中にあるんだったか。

「さっきの話だと、問題は今回の件だけじゃないようだしね」

「だな。あいつにしては、いろいろ複雑だ」

「亜貴《あき》、すごくいい子なのにね。丸く収まればいいのだけれど……」

看板に従って、並べて植えられた木々のあいだを抜《ぬ》けていく。

自転車、家族連れ、若者のグループ。

犬を連れた人、カップルらしきふたり。

みんなそれぞれのんびり、そして楽しそうに歩いていた。

「だけど、少し意外だね」

御影《みかげ》が言った。

「去年テニス部でそんなことがあったなら、亜貴《あき》は今回も、もっと怒《おこ》っていそうなのに」

「……たしかにな」

相変わらず、よく見てるな、と思った。

かすかに吹《ふ》いたぬるい風が、御影《みかげ》の髪《かみ》をさらりと撫《な》でていく。

木の葉がシャラシャラと鳴って、なぜだか少し、歩みが遅《おそ》くなる。

日浦《ひうら》は今日から、部活に復帰するらしかった。


水族館のエントランスは、外と違《ちが》って空気がひんやりしていた。

青いタイルの壁《かべ》には小洒落《こじゃれ》た装飾《そうしょく》が施《ほどこ》され、かわいらしくも涼《すず》しげだ。

スマホの電子チケットを見せて、ふたりで入場口を抜《ぬ》ける。

すると、すぐに最初の水槽《すいそう》に行き当たった。

「おぉ……来たな、水族館」

ライトアップされた水槽《すいそう》はへりが低く、中を覗《のぞ》き込めるようになっていた。

崖《がけ》際の川を切り取ったような内装で、浅めの水中を小魚が泳いでいる。

地味だが、自然の雰囲気《ふんいき》がよく再現されていて、引き込まれるような気分だった。

なんか、いいな水族館。まだまだ始まったばかりだけども。

「あ、伊緒《いお》くん！　こっち！」

言って、御影《みかげ》は俺の手を掴《つか》み、水槽《すいそう》の端《はし》の方にタッと駆《か》け寄《よ》った。

不意のことで、思わず心臓が跳《は》ねる。

柔《やわ》らかくて滑《なめ》らかな感触《かんしょく》が、手のひらから伝わる。

心も身体《からだ》もクラっとしつつ、引っ張られるままに足を動かした。

「オオサンショウウオだよっ、ほら！」

はしゃいだ声を上げて、御影《みかげ》が水槽《すいそう》の底を指差した。

そのましゃがみ込むせいで、俺も隣《となり》で姿勢を低くする。

御影《みかげ》の視線の先では、茶色くてデカいトカゲみたいな生き物が、隅《すみ》の方で何匹《びき》も積み重なっていた。

短い手足と小さい目、長い尻尾《しっぽ》。ぬぼっとした顔が、なんともいえず印象的だ。

でも、なんで重なってるんだ、こいつら。

「ふふっ、かわいいな。なにを考えてるんだろう」

「なにも考えてなさそうだな」

「それもいいな。なんだか幸せそうで」

まあ、たしかにそんな気もする。

少なくとも、煩《わずら》わしい悩《なや》みなんかとは無縁そうだ。

……ところで。

「おい、御影《みかげ》……そろそろ、これ」

「え……あっ！」

今頃《いまごろ》気づいたのか、御影《みかげ》は俺の手をパッと放して、両手を自分の胸元《むなもと》に置いた。

ほんのり顔を赤くして、俺とサンショウウオをチラチラと見比べている。

お互《たが》いしゃがんで並んでいるせいか、思えばかなり、顔が近くにあった。

「ご、ごめんね！　いやだったかな……？」

「ま、まあ、いやってわけじゃ……ないが」

気まずい、というか、気恥《きは》ずかしい。

そんななか、俺の脳裏《のうり》には、とある記憶《きおく》が蘇《よみがえ》ってきていた。

御影《みかげ》とふたりで、大阪《おおさか》に遊びにいった日。

『時空《とき》の広場』へのエスカレーターを、俺たちは手を繋《つな》いで上がった。

――せっかくの美少女の手だよ。

あのときの御影《みかげ》の、からかったような笑顔《えがお》。

なのに今は、どういうわけか全然、反応が違《ちが》っていて……。

「つ、次の水槽《すいそう》！　順路はあっちだよ！」

「えっ……お、おう」

すっくと立ち上がり、御影《みかげ》は早足で歩いていった。

少し遅《おく》れて、俺もあとを追う。

さっきより大型の魚が泳いでいるのを眺《なが》めながら、俺たちはお互《たが》い、しばらく黙《だま》っていた。

水槽《すいそう》の中を見上げると、空の青が見える。

どうやらここは、外に作られた飼育槽《そう》を、屋内から覗《のぞ》くかたちになっているらしかった。

……魚よ。

一度目を閉じて、そう唱える。

このなんともいえない空気を、どうにかしてくれないでしょうか。

「……でも、あれだね」

「な、なんだよ……？」

「今日のきみは響希《ひびき》くん役なわけだから……恋人《こいびと》みたいにしていた方が、いいのかな？」

「……勘弁《かんべん》してくれ」

さすがにそれは、心臓がもたないだろうからな……。

そのあとも、俺たちは順番に水槽《すいそう》を見て回った。

久しぶりの水族館は、子どもの頃《ころ》に見たのよりもむしろ新鮮《しんせん》で、かなりおもしろかった。

前はデカい魚とか、アシカの餌《えさ》やりとか、そういう派手なものを見るのが好きだった。

けれど今は、小さいやつとか珍《めずら》しい生き物とか、水槽《すいそう》自体の作りとか。

そういうものの方にこそ、興味が湧《わ》くような気がする。

御影《みかげ》は特にその趣味《しゅみ》が強いようで、カニやイソギンチャク、チンアナゴなど、変わり種の観察に多く時間を費《つい》やしていた。

まあ、そうはいってももちろん。

「わっ、すごいね、伊緒《いお》くん」

視界の大部分を青く埋《う》め尽《つ》くす、大水槽《すいそう》。

そのエリアに辿《たど》り着《つ》くと、御影《みかげ》が感嘆《かんたん》の声を上げた。

サメ、エイ、イワシの大群。

それに赤が鮮《あざ》やかなタイや、フグ、トゲトゲのミノカサゴ。

さまざまな生き物が入り乱れて回遊する様子に、俺も自然と、口角が上がってしまう。

まさしく、水族館の本領発揮って感じだ。

「圧巻だな、やっぱり」

「うん、綺麗《きれい》だね。幻想《げんそう》的で、吸い込まれるみたいだよ」

俺たちはふたりで、揃《そろ》って水槽《すいそう》に釘付《くぎづ》けになった。

大きな魚が、旋回《せんかい》しながら近くを泳ぎ過ぎていく。

悠然《ゆうぜん》としたその姿に、俺は自分という存在の小ささを感じた気がした。

まるで、夢を見ているような。

時間も空間も、まとめて日常から切り離《はな》されたような、そんな感覚。

もしかすると、これこそが水族館の一番の魅力《みりょく》なのかもしれない。

「最近……というより、伊緒《いお》くんは夏休みも、ずっと忙《いそが》しそうだね」

また歩き始めてすぐ、御影《みかげ》が言った。

隣《となり》を駆《か》けていくちびっ子を、母親らしい女性が早足で追いかけていった。

「バイトも、天使の仕事もあるからな。まあ好きでやってることだし、忙《いそが》しいなんて偉《えら》そうなこといえないけどさ」

「そんなことないよ。部活や習い事をしている子だって、結局は自分で選んでいるわけだからね。バイトでも恋愛《れんあい》相談でも、なにも変わらないと思う」

「……まあ、たしかに」

理屈《りくつ》のうえでは、御影《みかげ》の言う通りかもしれない。

それでも、毎日部活やってる連中は、やっぱりすごいと思うけどな。

「でも、いいな。部活もバイトも、大変だろうけど、楽しそうだ。少し羨《うらや》ましいよ」

「ああ……そうか。お前はダメだったんだな、そういうの」

ずっと、友達を作らずにいた御影《みかげ》。

それどころか、特定の団体やコミュニティにも、身を置かなかったこの少女。

でも本当は、御影《みかげ》だって……。

「いつか落ち着いたら、いろいろやってみたいな。それこそ、アルバイトとか」

「いいんじゃないか。お前なら、いくらでも面接受かりそうだしな」

俺が採用側なら、御影《みかげ》なんて落とすわけがない。

下心とかじゃなく、どう考えても仕事ができそうだ。

あと、他のバイトたちのモチベも上がるんじゃないだろうか。

「どんなバイトがしたいんだ？」

「うーん、迷うね。ペットショップとかブライダルは、楽しそうだけれど。でも、イメージで選びすぎかな？」

「さあな。どこもそれぞれキツいだろうし。それに高校生だと、けっこう選択肢《せんたくし》も絞《しぼ》られるぞ。俺は身内の店だから、気楽なもんだけどさ」

一応プルーフ以外にも、バイト先を探してみたことはある。

が、高校生はダメってところも、案外少なくなかった。

「あ、じゃあ私も、プルーフにしようかな。素敵《すてき》なお店だし、伊緒《いお》くんも一緒《いっしょ》だから」

「え……」

そ、それは……。

「いや……まあ、あんまりオススメしないぞ。あそこは」

「えー、どうして？」

「ゆ、有希人《ゆきと》のやつ、人使い荒《あら》いからな……。それに、えっと……立ち仕事だし」

実際のところ、あいつは御影《みかげ》が働きたいって言ったら、絶対採用するだろう。

有希人《ゆきと》は雇《やと》う相手をかなり選ぶが、御影《みかげ》ならそのハードルだって楽々越《こ》えるはずだ。

だが、あそこに知り合いがいると、俺はちからを使いにくくなるからな……。

機会自体は多くないが、湊《みなと》の相談のときには重宝したもんだ。

「明石《あかし》さん、優《やさ》しそうだよ？　立ち仕事は、たしかに大変かもしれないけれど……」

「ま、まあ、もうちょっと視野をな、広く持ってみてもいいんじゃないかと……。うん、そう思うぞ俺は」

「そう……なのかな」

呟《つぶや》くように言って、御影《みかげ》は小さく肩《かた》を落とした。

しゅん、という音が、ここまで聞こえてきそうだった。

なんとも、罪悪感があるな……。

「……私が同じバイトだと、伊緒《いお》くんはいや？」

「えっ……や、べつにそういうわけじゃないって。お前がいればそりゃ……楽しいだろうし」

なにせ、俺以外はみんな大学生だからな。

同い年の友達がいてくれると、なにかとやりやすい。

ちからのことさえなけりゃ、ぜひ来てほしいってもんだ。

「本当……？」

「ホントだよ。けどやっぱり、バイト先は慎重《しんちょう》に決めた方がいい」

「……そっか……ふふっ」

「……御影《みかげ》？」

「ふふふ。でも、たしかにそうだね。伊緒《いお》くんの言う通り、自分に合いそうなものを、ちゃんと探すべきかもしれない」

と、御影《みかげ》は急に元気になって、両手を小さく握《にぎ》り締《し》めていた。

なにやら、バイト意識の高いやつだ。

俺にとっちゃ、楽で時給がよければ、それでオールオッケーなんだけどな。

「前にみんなで、お泊《と》まり会をしてからね」

ひょこひょこと歩き回るペンギンたちを眺《なが》めていたとき、ふと御影《みかげ》が言った。

人気スポットなのだろう。周りには、ちびっ子やカップルが特に多かった。

「湊《みなと》や詩帆《しほ》、それに亜貴《あき》とも、遊びにいったんだよ」

「遊びにって、また四人でか？」

「ううん。それぞれ、ふたりでね。湊《みなと》とは本屋さん、詩帆《しほ》とは服を見にいって、亜貴《あき》とはケーキを食べた。どれも楽しかったな」

喜びを抑《おさ》えきれないような、弾《はず》んだ声だった。

そんなイベントがあったのか。無事に打ち解けてるみたいでなによりだ。

まあ御影《みかげ》のコミュ力なら、むしろ日浦《ひうら》や湊《みなと》より、全然安心なんだけども。

こぼれるように笑って、御影《みかげ》が続ける。

「みんなかわいくて、大好きだから。もっと仲よくなれたらいいな。私が一方的に、そう思っているだけかもしれないけれどね」

「いや、そんなことないだろ。気のいいやつらだし……なにより、お前もそうだからな」

最近、あらためて実感することがある。

御影《みかげ》が、周囲に取り合われていたという話。それはやはり、誇張《こちょう》でもなんでもなかったのだろう。

御影《みかげ》の人間関係の作り方は、かなり丁寧《ていねい》だ。

ちゃんと相手と親しくなろうとして、そのために一緒《いっしょ》に過ごしたり、会話をしたりする。

一見簡単なようで、きっとなかなかできることじゃない。

御影《みかげ》には、人を惹《ひ》きつける魅力《みりょく》がある。もちろん、外見なんかとは無関係に。

けれどだからこそ、御影《みかげ》はこうして自由に、思うままに過ごすべきだ。

これからも、いろいろあるのかもしれない。

でも、なにもかもがうまくいけばいい。

そしてそう思っている時点で、俺だって御影《みかげ》に惹《ひ》かれているのだろう。

「ん、伊緒《いお》くん？　どうしたのかな」

「……いや。よかったよ、お前が楽しそうで」

「えっ……」

御影《みかげ》がこちらを向いて、パチリと目を見開く。

それからほんのり頬《ほお》を染めて、ふわりと、柔《やわ》らかく笑った。

「うん、ありがとう。伊緒《いお》くんのおかげだよ」

「……まあ、そう思ってくれてるなら、ありがたいよ」

「思ってるんじゃなく、事実そうなんだよ。だから……私はきみに、恩返しがしたいな。なにかのかたちで、いつか」

「い、いいって。そんな、大袈裟《おおげさ》な」

「大袈裟《おおげさ》なんかじゃない。私はそれだけ伊緒《いお》くんに……もうっ」

と、御影《みかげ》はどういうわけか、ぷくっと頬《ほお》を膨《ふく》らませてしまった。

どうやらご機嫌《きげん》を損《そこ》ねたらしい。

だって、なんか恥《は》ずかしいだろ……そんなにストレートに言われると。

「伊緒《いお》くんがなんと言ったたって、私は助けるからね。お互《たが》い様だよ。私だってあのとき、散々拒否《きょひ》したのに」

「あ、あぁわかった、悪かったよ……。いざってときは、お前を頼《たよ》る。それでいいか？」

「……絶対だよ？」

「おう、絶対な。お前が迷惑《めいわく》じゃなさそうなときは、そうするって」

「だめ。いつだって、私は迷惑《めいわく》じゃない。ね？」

コクンと首を横に傾《かし》げて、御影《みかげ》が言う。

なんだか、叱《しか》られてるような気分だ。親子か。

まあ、そこまで言ってくれるなら、ここは素直《すなお》に受け入れておこう。

天使の相談で、力を借りたくなるときが来るかもしれない。

それからは、また順路を進んだ。

やがて、他の場所よりも少し広く、そしてほの暗い空間に辿《たど》り着《つ》いた。

赤、青、緑、紫《むらさき》。

カラフルなライトにぼんやり照らされた、たくさんの水槽《すいそう》。

その向こうには……。

「あ、クラゲ」

丸い透明《とうめい》な傘《かさ》の下から、無数の触腕《しょくわん》が伸《の》びて、揺《ゆ》れる。

形やサイズの違《ちが》うクラゲたちは、ふわふわと踊《おど》るように水中を漂《ただよ》っていた。

いつの間にか、BGMもひと際テンポの遅《おそ》いものに変わっている。

まるで、ここだけ時間がゆっくり流れているようだった。

「いいね……なんだか、落ち着くよ」

「……だな。こういうのも悪くない」

さっき御影《みかげ》に言われたことを、あらためて思い出す。

たしかに最近は、ちょっと慌《あわ》ただしくしすぎてたかもしれない。

いや、二年になってから今まで、ずっと。

どこかでひと息入れるのだって、きっと大切だ。

俺たちはどちらからともなく、空いていたベンチに並んで腰掛《こしか》けた。

身体《からだ》から力を抜《ぬ》くと、足がじーんと痛む。

思えばもう、二時間近くも立ちっぱなしだった。

「ちょうどいい頃《ころ》だし、ちょっと休憩《きゅうけい》するか」

「そうだね。早く終わってしまっても、もったいないし」

御影《みかげ》が頷《うなず》くのを確認《かくにん》して、俺はそばに荷物を置いた。
辺りはしんと静かで、本当に海の中にいるみたいだった。
心なしか、他の観覧客たちもみんな、のんびりしているように見えた。
「……」
しばらく、黙《だま》っていた。
カバンから出したコーラを、ひと口飲む。
シュワシュワという音が響《ひび》いて、甘みがより強く感じられた。
気が抜《ぬ》けて、ぬるくなった炭酸。
敬遠されがちだが、俺は案外嫌《きら》いじゃない。なぜだか最近は、特にそう思う。
ちらりと、御影《みかげ》を見た。
御影《みかげ》は前を向いたまま目を閉じて、かすかに肩《かた》を上下させていた。
俺も目を閉じた。
いろんなことが、自然と頭の中に浮《う》かんできた。
抱《かか》えている天使の相談のこと。それから、日浦《ひうら》のこと。
課題のこと、バイトのこと。夏休みが終わったあとのこと。
そして――。
「……」

自分のこと、彩羽《あやは》のこと。

あの日、湊《みなと》に言われたこと。

隣《となり》にいる、御影《みかげ》のこと。

浮《う》かんだものは、すぐに消えていく。

それが自分の意思なのか、そうじゃないのか。

その問いすらも早々に消し去って、俺は一度、長い息を吐《は》いた。

「前は、クラゲになりたかったんだよ」

御影《みかげ》の声がした。

「なにも考えず、ただ静かな水の中を、流されるように泳いで。たくさんの仲間に紛《まぎ》れて、どれが自分なのか、わからなくなって……。そういうのも素敵《すてき》だなって、思ってた」

「……そうだな」

少し、わかるような気もする。

俺の、勝手な決めつけかもしれないけれど。

あいつらはあいつらで、なにかと苦労してるのかもしれないけれど。

でも、さっきのオオサンショウウオと同じで、悲しいことはあんまりなさそうだ。

「だけど今は……やっぱり、私は私がいい。手放したくないものだって、できてしまったしね」

「……いいことだな、それは」

やっぱり人間でいるのが、御影《みかげ》には一番似合ってるだろう。

まあこいつなら、たとえクラゲになったって、周りに好かれてそうだけどな。

「ん？」

と、不意に隣《となり》から、パシャリという音がした。

見ると、御影《みかげ》がニヤッと口元を引っ張り上げて、こっちに向けてスマホを構えていた。

もしかして、こいつ……。

「ふふっ。撮《と》れたよ、伊緒《いお》くんの横顔」

「……なにやってんだよ」

「魚ばかりで、自分たちの写真を撮《と》ってないなって。せっかく来たのに」

それはまあ、そうかもしれないが……。

「けど、お前のスマホに俺の写真が入ってるのはマズいだろ……。誰《だれ》かに見られたりしたら」

「平気だよ、秘密のフォルダに入れておくから。パスワードもかけて」

勝《か》ち誇《ほこ》ったように言って、御影《みかげ》が胸を張る。

だが、隠《かく》してるとますます、見られたときに怪《あや》しい気がする。

いや、心配しすぎか？

「ね、今だけ、サングラスもマスクも、取ってみてほしいな」

「えぇ……なんでわざわざ」

「一枚くらい、変装していない写真もないと寂《さび》しいよ。ここは暗いし、人も少ないから大丈夫《だいじょうぶ》だよ。ねっ」

やけに食い下がって、御影《みかげ》はまたこっちにカメラを向けた。

おまけに、なぜかねだるような目で、じっと見つめてくる。

意味がわからん……。そして、普通《ふつう》に照れる。

「……あ、約束」

「ぐっ……！」

マズい、それを思い出されると……。

「今日は私のやりたいことに、付き合ってくれるんだよね？」

「……いや、まあ……その」

「約束したよ。ぜひお願いしますって、伊緒《いお》くんが自分で」

「……はい。その通りです」

というわけで、俺の敗北があっさり決定した。

それでも渋《しぶ》っていると、御影《みかげ》はスッと手を伸《の》ばしてきて、俺のサングラスをはずした。

それはそれで恥《は》ずかしいので、諦《あきら》めてマスクは自分で取ることにする。

「……一枚な」

「うん」

と返事をするや否《いな》や、御影《みかげ》はまたパシャリとシャッターを切った。

ただ、どう考えても三回くらい撮《と》っていた。

話が違《ちが》うだろ、おい。

「ありがとう、伊緒《いお》くん。ふふふ」

「なにがそんなにおもしろいんだか……」

言いながら、御影《みかげ》の手からサングラスを奪《うば》い返《かえ》す。

すぐに掛《か》け直すと、無性《むしょう》に気分が落ち着いた。

周りの目も気にならないし、実は今日、けっこう重宝していたのだ。

「ね、伊緒《いお》くん」

「なんだよ」

黒いレンズ越《ご》しに恨《うら》みを込《こ》めて、俺は御影《みかげ》を睨《にら》んでやった。

それなのに、御影《みかげ》はニコニコ笑ったまま、どこ吹《ふ》く風だ。

そして、大人っぽくも子どもっぽくも思える声音《こわね》で、囁《ささや》くように言った。

「私の写真も、撮《と》っていいよ?」

「……遠慮《えんりょ》しときます」

できるか、そんなこと。

それこそ、誰《だれ》かにバレたら極刑《きょっけい》ものだ。

俺たちはまた、人波に従って順路を辿《たど》った。

爬虫類《はちゅうるい》エリアでデカいカメを見て、隣《となり》の両生類ゾーンでは動かないカエルを眺《なが》めた。

そして、きっとこの日の最後のイベントとして。

「ねえ伊緒《いお》くん。イルカとクジラの違《ちが》いは、身体《からだ》のサイズだけらしいよ」

大勢に見守られる中、流線型の生き物が宙を舞《ま》った。

クルクルと回転して、大きな水飛沫《みずしぶき》を上げる。

数年振《ぶ》りに見るイルカショーは、記憶《きおく》よりもこぢんまりとしていた。だが、それがかえって嬉《うれ》しくも、楽しくもあった。

「え、マジか」

「うん。同じような生き物だけれど、小さいものはイルカで、大きいものはクジラに分類される。昔、テレビで見たよ」

「なんか、変な話だな。けっこう形の印象も違《ちが》うのに」

イルカもクジラも、イラストとかじゃそれぞれ、特徴《とくちょう》的なフォルムになってることが多い。

それが、まさか大きさだけの区別だとは。

っていうか、案外生き物の種類分けって単純なんだな。

　プールの中にいるイルカたちは、今度は飼育員の手の動きに合わせて、甲高《かんだか》い声で鳴き始めた。どうやら、歌っているらしい。

　芸が終わると、餌《えさ》の魚をパクリと受け取って、行儀《ぎょうぎ》よく次の指示を待っている。

　うーん、たぶん日浦《ひうら》よりお利口だな、あのイルカたち。

　あいつ、餌貰《えさもら》えないと噛《か》みついてきそうだし。

「……そうだ。なあ御影《みかげ》よ」

「ん、なにかな」

「お前、白濱依舞《しらはまいぶ》って知ってるか」

　俺が尋《たず》ねると、御影《みかげ》はピクッと肩《かた》を弾《はず》ませた。

　昨日学校で出会った、あの少女。

　あいつのことが、俺は未《いま》だに少し、気になっていた。

「一年生の子だね。それも、すごくかわいい。たしか入学してすぐに、プラスフォーに選ばれていたはずだよ」

「ほお。さすが、詳《くわ》しいな」

「ふふん。けっこう、動向には注目しているんだよ」

　得意げに言って、御影《みかげ》がふふふと笑う。

　同じ三大美女の湊《みなと》やプラスフォーの日浦《ひうら》とは違《ちが》い、御影《みかげ》は自分の立場を気に入っている。それゆえの興味だろう。

まあ俺だって天使をやってる以上、重要キャラはある程度押さえてるつもりだけども。

「剣道《けんどう》がとても強くて、全国でも有名だそうだよ。小柄《こがら》なのに、すごいね」

「だな。昨日初めて話したけど、オーラが見えたぞ」

「へぇ、会ったんだね。羨《うらや》ましいな」

「たまたまな。別件で学校に行って、そのときに」

俺はそのまま、御影《みかげ》に昨日の出来事を話した。

日浦《ひうら》と揉《も》めたテニス部部長に、事情を聞きにいったこと。でも、拒絶《きょぜつ》されたこと。

そして、白濱依舞《しらはまいぶ》のあのセリフのこと。

——この闇《やみ》は、とてもありふれたものです。しかしだからこそ、飼い慣らすのは難しい。

「どういう意味だと思う？」

イルカショーが終わって、俺たちは人の流れに従って館内に戻《もど》った。

そばにあった川魚の地味な水槽《すいそう》を覗《のぞ》き込みながら、御影《みかげ》がうぅんと唸《うな》る。

「不思議な言葉だね。なにかの例えかな？」

「どうだろうな。べつに、重要視してるわけじゃないんだが」

なにせ、あいつがあの場に居合わせたのは、ただの偶然《ぐうぜん》だ。

だが、日浦《ひうら》と双葉《ふたば》の確執《かくしつ》を解消する、多少のヒントにならないとも限らない。

今は少しでも、手がかりがほしい。

「気になるね。わかる人にはわかる、ということなのかな？」

「さあな……まさに意味深ってやつだ」

ただこの感じだと、御影《みかげ》にもピンと来るものはなさそうだ。

『闇《やみ》』なんて、なかなか日常で使う言葉じゃない。

それこそ本とか、漫画《まんが》の中くらいだろう。

だが、白濱《しらはま》には妙《みょう》に似合っていた覚えがある。

単純に、あいつの言葉選びが独特なだけ、なのかもしれないが。

「本人に聞いてみたりはしない？」

「……いや、たぶん聞いてもダメだ。あの様子だと、な」

問答無用、って感じだったからな。

親しいわけでも、関係者でもない。

あんまりしつこく追及《ついきゅう》するのは、さすがに気が引ける。

「ふむ……それじゃあ、私もなにかわかったら、すぐに伊緒《いお》くんに連絡《れんらく》するよ。亜貴《あき》のことも心配だからね」

「ああ。悪いな、頼《たの》む」

そこまで話して、俺たちはとうとう、順路の終わりらしいところまで辿《たど》り着《つ》いた。

また外に出て、庭園のような景色の道を、ふたりでゆっくり歩く。

まだ暑いが、少しだけ風があって、心地《ここち》よかった。

こういう風情《ふぜい》を忘れないところは、やっぱり京都《きょうと》って感じだな。

「伊緒《いお》くん！　またオオサンショウウオだよ！　大きいよ！」

最後に待ち構えていた売店に入ると、御影《みかげ》は興奮した様子で、棚《たな》に駆《か》け寄《よ》った。

サイズ違《ちが》いのオオサンショウウオのぬいぐるみが、ズラリと並んでいる。

「かわいいねっ。それに、フサフサだ」

「けっこうリアルだな、こいつら」

毛並みはともかく、水槽《すいそう》で見た実物と比べても、なかなかパーツの再現度が高い。

テーマパークとかでよくあるよな、こういうやつ。

「買うのか？」

「どうしよう……。小さめの子なら、買えなくもない値段なんだけれど」

そう言いつつも、御影《みかげ》は一番デカい、人間サイズのぬいぐるみの手をギュッと握《にぎ》っていた。

チラッと見えた値札には、しっかり五桁《けた》の数字が書かれている。

恐《おそ》ろしい。子どもにねだられでもしたら、親は大変だろうな。

「ただ、最近みんなとたくさん遊んで、嬉《うれ》しい出費が続いているからね。残念だけれど、今回は我慢《がまん》かな……」

名残惜《なごりお》しそうに言いながら、御影《みかげ》は今度は中くらいのサイズのものを手に取った。

ムニムニと顔を触《さわ》って、頭を撫《な》でる。

どうやら、かなり気に入っているらしい。

それにしても、御影《みかげ》に撫《な》でられるとは、贅沢《ぜいたく》なやつだ。

「好きなのか？　ぬいぐるみ。そういや大阪《おおさか》でも、変な猫《ねこ》ほしがってたな」

クレーンゲームで取らされた、あの謎《なぞ》のブサイク……いや、ブサカワ猫《ねこ》。

あいつは今頃《いまごろ》、御影《みかげ》の部屋にでも住んでいるのだろうか。

これまたなんと贅沢《ぜいたく》な。

「特別好きというわけじゃないけれど、なんだか癒《いや》されるからね。それに、猫《ねこ》くんもひとりだから、寂《さび》しそうだなって」

なるほどな。まあ、なんとなく気持ちはわからないでもない。

水族館と同じで、小さかった頃《ころ》と今では、ちょっと感覚が変わってるんだろうな。

……中サイズ、五十二センチで二千八百円、か。

「いいよ、買ってやる」

「え……本当？」

驚《おどろ》いたようにポカンと口を開けて、御影《みかげ》が俺を見た。

最近はイヤホンや通話用の機材も揃《そろ》って、経済状況《じょうきょう》も落ち着いてきた。

余裕《よゆう》があるってほどじゃないが、貯《た》めてるバイト代の使いどころだろう。

それに、なにより。

「ウェブチケット取っといてくれたり、昼メシの店決めてくれたりで、いろいろ助かったからな。そのお礼だよ」

「そ、そんなっ。私が誘《さそ》ったんだから、それくらいは……」

「なんだ、いらないのか？」

「それは……ほ、ほしいけれど、でも……」

困ったように身体《からだ》を揺《ゆ》らして、御影《みかげ》が俺とオオサンショウウオを見比べる。

お礼だって言ってるのに、遠慮深《えんりよぶか》いやつめ。

「わかったよ。なら、普通《ふつう》にプレゼントするから、貰《もら》ってくれ。それでいいだろ？」

と、なかば無理やり押し切って、俺は御影《みかげ》の持っていたぬいぐるみを買い物かごに入れた。

御影《みかげ》のことだ、このままじゃいつまで経《た》っても折れないだろうからな。

貰《もら》えるものは、貰《もら》っといたってバチは当たらない。

「……プレゼント。伊緒《いお》くんが、私に？」

「えっ……お、おう」

いや、まあ便宜上《べんぎじょう》というか、お前を納得《なっとく》させるためというか……。

ただよく考えると、ちょっとキザな表現だったかもしれない。

今さら若干《じゃっかん》、恥《は》ずかしくなってしまう。

そして、あんまり見つめてくるなよ……。

「……うんっ、わかった。それじゃあ、ぜひいただくね」

「あ、ああ……おっけー」

「ふふっ。ありがとう、すごく嬉《うれ》しい」

コクンと頷《うなず》いて、御影《みかげ》がパッと笑顔《えがお》になる。

というわけで、これであの猫《ねこ》にも、無事に友達ができることが決定した。

喧嘩《けんか》するなよ、ふたりとも。

しかしなんとまあ、やっぱりリアクションが大袈裟《おおげさ》だな、御影《みかげ》は。

「あ、そうだ。それじゃあ私もお返しに、なにか伊緒《いお》くんにプレゼントしたいな」

「え……いや、そしたら意味ないだろ。本末転倒《ほんまつてんとう》だ」

節約するんじゃなかったのか。

これじゃ、ただの交換《こうかん》だぞ。

「平気だよ。手頃《てごろ》なものにするから」

「い、いいって。特に、ほしいものも思いつかないし」

「だめ。私ばっかり貰《もら》ってしまって、不公平だよ」

「……いや、でもなぁ」

「もうっ。私のしたいようにしてくれるって、約束だったろう？　それに、伊緒《いお》くんだって強《ごう》引《いん》だったじゃないか。ね？」

ずいっとこっちに顔を寄せて、御影《みかげ》は少し怒《おこ》り気味に言った。

正直、あまりにも反論の余地がない。

貰《もら》えるものは貰《もら》っておけと、さっき自分で思ったばかりだ。

これは……観念すべきか。

結局、御影《みかげ》は俺の返事も待たず、さっさと棚《たな》を見て回り始めてしまった。

仕方なく、俺もあとを追う。

「どういうものが嬉《うれ》しい？」

「……まあ、なんでもいいよ。御影《みかげ》なら、センスもよさそうだし」

「ふふふ。そう言われると、緊張《きんちょう》するね」

クスクス笑いながらも、御影《みかげ》は真剣《しんけん》な目つきで商品を見比べていた。

なんだか、ぬいぐるみを見ていたときより楽しそうな気がする。

大丈夫《だいじょうぶ》だとは思うが、あんまり高いものは選ぶなよ。

「……あ、これなんかどうかな？」

ほっそりとした手を伸《の》ばして、御影《みかげ》はある商品をピッと指差した。

カードのようなものに、長めのリボンがついている。

クラゲをモチーフにしたそれには、ステンドグラスのような意匠《いしょう》が施《ほどこ》されていた。

「ブックマーカー……これ、しおりか」

「うん。綺麗《きれい》だし、普段《ふだん》使いもしやすそうだよ。今はなにか、愛用のものがあるのかな？」

「いや、そういえば、ちゃんとしたのは持ってないな」

いつか本屋で貰《もら》った紙のしおりを、もうずっと使ってる気がする。

そこそこくたびれてきたし、いい機会かもしれない。

「やった。じゃあこれにするね」

「お、おう。さんきゅ」

俺が頷《うなず》くと、御影《みかげ》は青いしおりを一枚取った。

イルカやペンギンのデザインもあるらしいが、まあクラゲにしとこう。

たぶん、今日で一番印象に残ってるしな。

「おや、オレンジもあるんだね。色違《ちが》いかな」

「みたいだな。いいよ、青で」

涼《すず》しげで、今の季節にはちょうどいい。

しかしカラバリまで用意されてるとは、なかなか種類豊富だな。

文房具《ぶんぼうぐ》とかお菓子《かし》もあるし、気合の入った売店だ。

「……」

「ん、どうした、御影《みかげ》」

いつの間にか、御影《みかげ》は黙《だま》ったまま、青とオレンジのしおりを睨《にら》んでいた。

薄《うす》い唇《くちびる》を緩《ゆる》く結んで、何度か瞬《まばた》きをする。相変わらず、やたらと整った横顔だ。

いや、正面から見たって、もちろん綺麗《きれい》なのだが……。

ドキッと心臓が跳《は》ねた気がして、俺はなんとなく、サングラスをしっかり掛《か》け直しておいた。

あんまり見ない方が身のためだな、うん。

「……私も、買おうかな」

「えっ……」

それは……つまり？

「オレンジの方。色もクラゲもかわいいし、私もしおりは使うから。……いや？」

軽く語尾《ごび》を上げて、御影《みかげ》がそんなことを聞いてくる。

当然ながら、いやということはない。気に入ったものなら、好きに買えばいい。

ただ、それって要するに……アレなのでは。

「うん……お揃《そろ》いになるね」

「……だよな」

っていうか、自覚あるのかよ……。

そして、いいのか……それは。

いや、ダメなのか？　どうなんだ、おい。

「だけど、せっかくなら記念に、ね？　もし伊緒《いお》くんが気になるなら、私は家でしか使わないようにするし」

そこは、別のにするよ、じゃないのか……。

まあでも、御影《みかげ》はクラゲ、好きなんだろうしな。

かといって、俺が今から違《ちが》うやつに変えるのも、避《さ》けてるみたいで申し訳ない。

……まあ、そこまで気にすることでもないか。

「いや……いいよ。好きに買って、好きに使ってくれ」

べつに誰《だれ》かにバレたって、どうにかなったりしないだろ。

売店のしおりなんて、ほかにも持ってる人はいるわけだしな。偶然《ぐうぜん》の一致《いっち》ってことで。

「やった。じゃあそうするね。ふふふ」

満足げに言って、御影《みかげ》は二枚のしおりをサンショウウオの背中に載《の》せた。

結局、なんだかんだ出費がかさんでる気がする。

が、まあ、野暮《やぼ》なことは言うまい。

買い物だって、旅の貴重な思い出だからな。

「はい。どうぞ、伊緒《いお》くん」

「ありがとよ。大事に使います」

かわいらしい袋《ふくろ》に包まれたしおりを、粛々《しゆくしゆく》と両手で受け取る。

なんだかんだあったが、これで読書のモチベアップだ。ひとまず、課題用の本をさっさと読んでしまおう。

その後、俺は妙《みよう》にテンションの高い御影《みかげ》に見守られつつ、梨玖《りく》へのサメグッズを買った。

メモを挟《はさ》めるクリップマグネット。ちょうど、黄色いサメがメモを噛《か》んでいるような形だ。

なにかと便利そうだし、まあ喜ぶだろう。

「伊緒《いお》くんは、本当に妹さんと仲がいいんだね」

「反抗期《はんこう》だけどな。愛が一方通行で悲しいよ」

最近、ますます悪化してきている気がする。

けどまあ、そこもかわいいところだ。

ちなみに、俺はシスコンではない。違《ちが》うと言ったら違《ちが》う。

「……羨《うらや》ましいな」

「ん？　ああ、妹ね。ハンバーガーの店でも言ってたな」

御影《みかげ》が姉なら、梨玖《りく》もそれは懐《なつ》くんだろうけども。

「……ふふ。じゃあ、行こうか伊緒《いお》くん」

「え、お、おう。そうだな」

クルッと背を向けた御影《みかげ》を、少し遅《おく》れて俺も追う。

外に出ると、オレンジ色の西日で辺りが染まっていた。

振《ふ》り返《かえ》って、もう一度今までいた建物を眺《なが》める。

名残惜《なごりお》しいが、さらば京都《きょうと》水族館。非日常をありがとう。

明日……いや今夜からは、またいろいろと走り回らなきゃな。


別《わか》れ際《ぎわ》、伊緒《いお》くんは私に小さく手を振《ふ》って、またな、と言った。

ドアが閉まるのがいやだった。

寂《さび》しくて悲しくて、まだ離《はな》れたくなかった。

けれど、電車を降りるほどの勇気もなくて、私は笑って、またね、と言った。

「……ふぅ」

以前、学校の帰りだったか。

小さな子が踏切《ふみきり》のそばにいるのを見つけて、電車から駆《か》け出したことがあったのを思い出した。

あのときは、迷ったりしなかったのに。

ダメだな、と思うけれど、でも、仕方ないな、とも思った。

ひとりで席に座って、窓の方を見た。

反射している自分の顔は、思っていたのよりもずっと、不満そうだった。
もう少し、一緒《いっしょ》にいたかったな。
頭の中で、声に出してみる。
すると、思いがますます大きくなって、また寂《さび》しさに襲《おそ》われた。
「恋《こい》だなぁ……」
これが、恋《こい》なんだ。
胸が苦しくて、でも幸せで。
いてもたってもいられなくて、なのに、なにもできなくて。
きっとこれが、これこそが恋《こい》だった。
『今日はありがとう』
別れたばかりなのに、私は欲望に負けて、そうＬＩＮＥを送ってしまった。
けれど既読《きどく》はすぐにはつかなくて、少し後悔《こうかい》することになった。
一喜一憂《いっきいちゆう》、しているなと思う。
心が忙《いそが》しくて、大変だ。
「……ふふ」
傍《かたわ》らに置いた袋《ふくろ》の中に、ぬいぐるみと、しおりが入っている。
伊緒《いお》くんからのプレゼントと、お揃《そろ》いの小物。

ついニヤけてしまいそうになる私は、単純だろうか。
だけど、それでもいいな。
だって、嬉《うれ》しくて。胸がキュッと締《し》めつけられるみたいに、心地《ここち》よく苦しくて。
「……」
電車の音に耳を澄《す》ませて、緩《ゆる》やかな揺《ゆ》れを感じる。
空調が効いているおかげで、やっと頭が冷えていくような気がした。
でも、まだ心臓はドキドキしていて、思わず苦笑《くしょう》してしまった。
……たぶん、今日も出てしまっていたな……好きオーラ。
そんなことを考えたら、頭の中に、ニヤニヤした瀬名《せな》さんの顔が浮《う》かんできた。
けれど、これぱっかりは仕方ないと思う。
伊緒《いお》くんは優《やさ》しいし、そうでなくても、一緒《いっしょ》にいたら嬉《うれ》しくなってしまうし……。
「はぁ……」
これは、伊緒《いお》くんにバレてしまうのも、時間の問題かもしれない。
いや、もしかして、もうバレている?
でもそうすると、プレゼントしてくれたのは……。
「いや。いやいやいや。伊緒《いお》くんには、好きな人がいるんだから」
ブンブンと首を振《ふ》って、バカな自分を諫《いさ》める。

ふたりきりで出かけたからって、都合のいい妄想《もうそう》はよくない。

「……ん」

そのとき、湊《みなと》たちとのトークグループに、ピコっと通知がついた。

反射的にタップして、メッセージを開いた。

『第二回勉強会希望です！』

学ランに鉢巻《はちまき》をした猫《ねこ》のスタンプと一緒《いっしょ》に、詩帆《しほ》がそんなことを書いている。

第一回は、明石《あかし》さんのカフェに集まってやった、あの日のことだろう。

ちょうど、私もまたやりたいなと思っていた。

『いいね。どこにしようか』

そう返すと、すぐに既読《きどく》が三になった。みんな見ているんだな、と思うと、どうにも嬉《うれ》しくなってしまう。

友達とのＬＩＮＥに、ずっと憧《あこが》れていた。

けれど実際にやってみると、想像よりも何倍も楽しかった。

『今度は女子だけでやろー。お店、選びます！』

『いいけど、ちゃんと集中すること』

湊《みなと》が装飾《そうしょく》のない、彼女らしい文面で言った。

しっかりしていて、いつも私たちのいいストッパーになってくれる。

『明後日《あさって》はどうですか！』
再び、詩帆《しほ》。幸い、その日は空いている。
しかし、私が『いいよ』と送る前に、画面にメッセージが増えた。
『午後部活』
亜貴《あき》だった。
途端《とたん》、私はあの子のことを思った。それから、伊緒《いお》くんに聞いたことも思い出した。
部内であまりうまくいっていなくて、部長の子と喧嘩《けんか》をしてしまった。
それも、どうやらけっこう深刻のようで。
亜貴《あき》にしては、珍《めずら》しい。
喧嘩《けんか》をしたというのも、問題をずっと、解決できずにいるというのも。
伊緒《いお》くんも心配していたし、きっと言葉で聞くほど、単純な問題ではないのだろう。
私も、力になってあげられればいいのだけれど。
『普通《ふつう》の練習？』
湊《みなと》が聞いた。
あの子も気にしているのかもしれない。
『他校と合同』
『合同って、いつもの場所で？』

『んにゃ。第一テニスコート』

『そっかぁ……じゃあ別の日！』

結局、全員の予定を合わせて、勉強会は来週に決定した。

その頃《ころ》には電車も自分の駅に着いて、私はホームに降りて、改札を抜《ぬ》けた。

またひとつ、楽しみができてしまった。

弾《はず》む足取りで駅の広場を横切って、階段を下る。

ひとりで街を歩いていても、最近は心が軽い。楽しいことが多くて、本当に幸せだ。

友達がいて、好きな男の子がいる。こんなに嬉《うれ》しいことはない。

ひょっとすると私は今、世界で一番幸せな人間かもしれない。

誰《だれ》にも理解されないだろうけれど、本気でそう思う。そう、感じている。

ただ――。

「……」

ただ、ひとつだけ。

『こっちこそ。楽しかった』

メッセージが来ていた。

伊緒《いお》くんからの返信。

跳《は》ねるように鼓動《こどう》が早まって、ジンと身体《からだ》が熱くなる。切なくなる。

――冴華《さえか》ちゃんって、明石《あかし》くんのこと好きなの？
詩帆《しほ》。
少し前に聞かれたことを、思い出す。
きみが私に、それを聞いたのは。
それは、なんのためだった？
「……」
アスファルトを歩くと、乾《かわ》いた音がする。
辺りはだんだん暗くなって、でも、暑いままで。
電車で冷えた身体《からだ》が、また熱を持ち始めていて。
答えは、イエスだ。
けれどあの日、私は詩帆《しほ》の質問に、そうは返さなかった。
――秘密、ということにしておこうかな。
詩帆《しほ》は、驚《おどろ》いていたと思う。
普段《ふだん》の私は、そういうことは言わなさそうに見えるだろうから。
ごめんね、詩帆《しほ》。
だけどきみは、それを知らない方がいいんだよ。
「……はぁ」

だってきみは、きっと湊《みなと》の味方だから。
私の気持ちなんて知らないまま、ただ「知らなかったから」という建前を通して。
親友としてあの子を……湊《みなと》を、助けてあげるべきなんだよ。
たとえきみが強くたって、悪者には、ならなくていいんだよ。
『また誘《さそ》うね』
伊緒《いお》くんにそれだけ送って、私はスマホを仕舞《しま》う。
家に着くまでは、もう見ないでいようと思った。
……『また』が、あったとしたら。
その頃《ころ》には、私と伊緒《いお》くんは今よりも、もう少し仲よくなっているのだろうか。
そして湊《みなと》や、亜貴《あき》は。詩帆《しほ》は、三輪《みわ》くんは。
私たちは、どうなっているのだろう。
楽しみだな、と思う。けれど反面、怖《こわ》いな、とも思った。
私たちは、変わっていく。気持ちも、関係も、なにもかも。
変化は必要で、必然だ。みんな、そうやって過ごしている。生きている。
けれど……けれど変わる先が、今よりも幸せだとは限らなくて。
喧嘩《けんか》したり、離《はな》れ離《ばな》れになったり、すれ違《ちが》ったり。
そういうことだって、起こるかもしれなくて——。

「いっそ……取っておけたらいいのに」
今のこの、ひたすら幸せな時間を、心を。
全部、永遠に取っておけたら、どれだけいいだろう。
幸せで大切な今を、いつまでも、どこかに置いておきたい。
そんなふうに思うのは――。
「……」
ねえ、詩帆《しほ》。それに、湊《みなと》。
私は伊緒《いお》くんが好きだよ。
だけど、きみたちのことだって、大好きだよ。
両方、ほしいんだ。
亜貴《あき》には言ったけれど、私は大好きなものを、全部、諦《あきら》めたくないんだよ。
「……やれるよ、私なら」
『取り合い』はしない。
それで、私は悲しんだから。
いやなことは、自分では繰《く》り返《かえ》さない。
きみたちのことを愛したまま、私は自分の恋《こい》をする。
だから湊《みなと》……そして、まだ他にもいるかもしれない、私のライバルたち。

きみたちの恋《こい》が、どうか。
どうか、素敵《すてき》なものでありますように。

――第四章―― 変わるものと変わらないもの

「せっかくの休みに呼び出すとは、図々《ずうずう》しいやつだなぁ、伊緒《いお》よ」

久世《くぜ》高最寄《こうもよ》り、京阪膳所本町《けいはんぜぜほんまち》駅。

電車から降りてきた玲児《れいじ》が、偉《えら》そうな声で言った。

制服の俺と違《ちが》って、すっきりした私服姿だった。

「しかも理由が、ひとりだと気まずい、だとは。やれやれ」

「ひとりだと目立つ、だ。全然違《ちが》う」

「一緒《いっしょ》だろ。向こうにかわいい子いなかったら、恨《うら》むからな」

「合コンか」

「あー、いいなあ合コン。やってみたい」

と、くだらないやり取りをしながら、俺と玲児《れいじ》は揃《そろ》って歩き出した。

女テニが、他校と合同練習をやるらしい。

それを知った俺は、すぐに見学に行くことを決めた。もちろん、復帰したばかりの日浦《ひうら》の様子を見るためだ。

だが前回の一件で、俺は双葉《ふたば》に睨《にら》まれている。せめてもの緩衝材《かんしょうざい》にと、玲児《れいじ》を招集したのだ。

意味があるかは不明だが、まあひとりよりマシだろう。女子ウケはいいからな、こいつは。

今日の目当てはあくまで日浦《ひうら》だから、双葉《ふたば》に絡《から》まれるのは嬉《うれ》しくない。

道中の自販機《じはんき》で飲み物を買って、ふたりでノロノロと坂を登る。

「あっちのテニスコート、行ったことあるか？」

「いやー、ない。バスケ部はいつも体育館だしな」

話によれば、今日は普段《ふだん》とは違《ちが》う場所で、練習が行われるらしかった。

いつもの倍の人数がいる以上、コートの数が必要なのだろう。

男子テニス部が使っている、久世高《くぜこう》第一テニスコート。そこが今日の目的地だ。

「そういや伊緒《いお》。お前みんなに、去年のこと話したんだって？」

ぷしゅっとサイダーのボトルを開けてから、玲児《れいじ》が言った。

こいつが炭酸とは、ちょっと珍《めずら》しい。ついに目覚めたか。

ちなみに、俺はカルピスソーダだ。当然だ。

「まあな。去年の、っていっても、日浦《ひうら》との馴《な》れ初《そ》めだけど」

「俺の活躍《かつやく》は？」

「ざっとテキトーに」

「こら。立役者だろ」

立役者、ね。まああながち間違《まちが》ってもないか。

けど残念ながら、今回の趣旨《しゅし》とはズレてたもんで、割愛《かつあい》だ。

「で、それがどうしたんだ」

「いや。ただ、懐《なつ》かしいなーと。夏休み、お前と日浦《ひうら》がふたりでいるの見たときは、さすがに意味不明すぎて笑った」

「説明したろ、それは」

天使の相談が終わって、俺と日浦《ひうら》は二ヶ月越《ご》しに会った。

ここまでは、湊《みなと》たちにも話した通りだ。

そのあとの夏休み、今年みたいに課題とバイトと相談に追われながら、俺は日浦《ひうら》と遊びまくっていた。

まあ、主にあいつのやりたいことに、俺が連れ回される感じだったけれど。

「なんでそんなに好きかね」

「それも前に言った」

「いいやつで、おもしろいからって？　それはお前側の話だろ。ま、そっちだって納得《なっとく》はしてないけどな」

「……」

「物好きだなー、お前も日浦《ひうら》も」

頭の後ろで手を組んで、玲児《れいじ》が言う。

日浦《ひうら》が、俺のことを気に入っているわけ。

あのとき、度胸があるやつが好きだ、と日浦《ひうら》は言った。

けれど、あれはあくまで、ただのきっかけだ。

それに、口に出した言葉が全てってわけじゃ、きっとないのだろう。俺がそうであるように。

「伊緒《いお》、お前さ」

活気のある声が、遠くからかすかに聞こえてくる。

目指すテニスコートは、もうすぐ近くだった。

「あの先輩と会ってなかったら、日浦《ひうら》と付き合ってたと思うか？」

玲児《れいじ》が言った。

相変わらず、デリカシーゼロだ。

こんな質問、こいつじゃなきゃ普通《ふつう》、できないぞ。

「いや、思わないよ」

「あっさり返すなよ。つまらんね」

「お前ら、なにしに来やがった」

コートのそばに着くと、俺と玲児《れいじ》はすぐ、日浦《ひうら》に見つかった。

向こうにいる日浦《ひうら》がガシッとフェンスを掴《つか》んで、不愉快《ふゆかい》そうにこっちを睨《にら》む。

まるで、動物園にいる肉食獣《にくしょくじゅう》みたいだった。

「応援《おうえん》に駆《か》けつけたのだ。感謝しろよ」

「俺はかわいい女の子を探しに」

「どっちも帰れ」

と、冷たいお言葉をいただいてしまった。

悪いが、そういうわけにはいかないんだよ。

「そもそも、今日がここだって言ってないぞ、あたしは」

「俺の情報網《もう》を舐《な》めるでない」

「……けっ」

日浦《ひうら》はそのまま、しばらくブーブー言っていた。

が、ついに諦《あきら》めたのか、部員に混ざって準備運動を始めた。

なんだか、子どもの公園デビューを見守る親みたいな気分だな。

喧嘩《けんか》するなよ、頼《たの》むから。

「……ん」

ふと、視線を感じた。

日浦《ひうら》のものではないはずなのに、やけに威圧《いあつ》感がある。

が、出どころを探すまでもなく、案の定、双葉美沙《ふたばみさ》だった。

「めっちゃ見てるなー、双葉《ふたば》ちゃん」

「お、俺はただの野次馬です……」

「かわいいけど、さすがに怖《こわ》いな、あれは」

まあ、おとなしくしてれば命ばかりは取られまい……。

双葉《ふたば》から逃《に》げるように、俺はコートの反対側に目をやった。すると、別の集団が同じように、まとまってストレッチをしている。

今日の練習相手だろう。たしか何人か、中学の頃《ころ》の知り合いが進学したところだ。

しばらくすると、練習はラケットとボールを使ったメニューに移行した。

ラリー形式で、片方が決まったコースに返し続けるというものらしい。

日浦《ひうら》は綺麗《きれい》なフォームで、器用にボールを打ち分けていた。

なんだか、あいつも真面目に見えるな、この練習。

「ところで、伊緒《いお》よ」

「ん？」

「花火の日の帰り、どうだった？」

近くにあったベンチに座ってすぐ、玲児《れいじ》が言った。

こいつは、面倒《めんどう》な質問をしないと死ぬ病気なのかもしれない。

「なんだよ、どうって」

「柚月《ゆづき》ちゃんと、なに話した？」

「……逃《に》がす気なしか」

まあ、そうだと思ったけども。

「黙秘《もくひ》する」

「阻止《そし》する」

「させてたまるか」

はあ……やれやれだ。

結局、俺は端折《はしょ》りに端折《はしょ》って、あの出来事を玲児《れいじ》に話した。

だが、玲児《れいじ》が意外なほど静かに聞いていたせいで、余計なことも言ってしまった気がする。

おもしろ半分、なのだとは思う。

けれど文字通り、もう半分は、興味だけじゃないのかもしれない。

なにせ、一番付き合いが長いのは、こいつだからな。

「伊緒《いお》」

「……ん」

「お前、いいなあ」

「おい」

前言撤回《てっかい》。

やっぱり、こいつはバカだ。

「待て待て、怒《おこ》るな。いいってのは間違《まちが》いないだろ」

「間違《まちが》いないのは、お前がろくでもないやつだってことだ。貸せ、サイダー振《ふ》ってやる」

俺が手を伸《の》ばすと、玲児《れいじ》はペットボトルをサッと身体《からだ》で隠《かく》した。

許せ炭酸。今日だけは、こいつをびしょ濡《ぬ》れにしてやりたいんだ。

「だって贅沢《ぜいたく》だろー。あんなかわいい子に、そんなこと言ってもらえるなんてさ」

「それは……まあ贅沢《ぜいたく》ではある、けども」

「いいなあ、俺も美少女に、ずっとそばにいる、なんて言われたいなあ」

「微妙《びみょう》に違《ちが》う。脚色《きゃくしょく》するな」

まあ、かといって正確なセリフは、絶対教えないけれど。

「もう付き合っちゃえよ。それからでも遅《おそ》くないだろ、いろいろ」

「誰《だれ》もそんな話してない。勝手なこと言うな」

「タイプじゃないのか、柚月《ゆづき》ちゃん」

「いい加減うるさい」

「あーあー。強情《ごうじょう》なやつめ」

呆《あき》れたように首を振《ふ》って、玲児《れいじ》はペットボトルに口をつけた。

俺もそうしようと思ったのに、なぜだか手が動かなかった。

あの日食べたかき氷の冷たさが、口の中に蘇《よみがえ》ってくるような気がした。

違《ちが》うんだよ、玲児《れいじ》。

タイプとか、好みとか、そんな単純な話じゃないんだ。

ただ、もっと大切な……。

俺には難しすぎるいろんなものが、あるんだよ。


「しかし、やっぱ上手《うま》いな、あいつ」

しばらく練習を眺《なが》めていると、ふと玲児《れいじ》が言った。

ちょうど、日浦《ひうら》のサーブがノータッチエースになったところだった。

スピードはそこまででもないのに、コースとタイミングが絶妙《ぜつみょう》だ。

「久しぶりに見たけど、レベチだろあれ」

「だよな……」

どう見ても、頭ふたつくらい抜《ぬ》けてる。

久世高《くぜこう》もテニス部のレベルは低くないらしいが、日浦《ひうら》は別格だ。

「でも、双葉《ふたば》ちゃんも上手《うま》いなー。さすが部長。あと、向こうのあの子も上手《うま》い。しかも美人。

あ、あのポニテの子もいいなぁ。笑顔《えがお》がかわいい」

「おい、途中《とちゅう》から話が変わってるぞ」

「バーカ。俺は最初から、このために来てるんだよ」

そういえばそうだった。

いや、なに納得《なっとく》しかけてるんだ、俺は。

「けど、あれだな」

「なんだよ」

「よくないよな、空気が」

軽い声音《こわね》とは裏腹に、玲児《れいじ》のセリフは不穏《ふおん》だった。

「……お前にもそう見えるか」

「もちろん」

もちろん、ね。容赦《ようしゃ》ないな。

練習、もとい久世《くぜ》高《こう》テニス部の雰囲気《ふんいき》は、お世辞にもいいとはいえなかった。

ピリついてるというか、明らかにヒリヒリしている。

当然、真剣《しんけん》だとか気合が入ってるとか、そういうのとは別物だ。

「浮《う》いてるなー、日浦《ひうら》」

「腫《は》れ物扱《ものあつか》いだな……まあ無理もないが」

誰《だれ》も、日浦《ひうら》に声をかけていない。

ラリーとボールの受《う》け渡《わた》し以外じゃ、本当に避《さ》けられてる感じだ。

まあ平和といえば平和……なわけないか。

さて、どうしたもんかな……。

「おい、お前たち」

俺が唸《うな》っていると、突然《とつぜん》横から、鋭《するど》い声が飛んできた。

厳しさが滲《にじ》み出《で》た、けれど響《ひび》きが深く、高い声だった。

「あ、湘子《しようこ》ちゃん。どーもどーも」

「浅見《あさみ》先生と呼べ」

ワインレッドのジャージに、クセのない長い髪《かみ》。

俺よりも少し低いくらいの、女性にしては高い身長。

浅見《あさみ》湘子《しようこ》。女子テニス部の顧問《こもん》で、日本史教師だ。

男っぽい口調と整った容姿のギャップで、生徒からも愛され、そして恐《おそ》れられている。

「三輪《みわ》、それに明石《あかし》だな。なんの用だ。まさか、見学ってわけでもあるまい」

どすの利《き》いた声で言って、浅見《あさみ》先生が俺たちを交互《こうご》に見た。

まだ三十代前半のはずだが、貫禄《かんろく》、というか、迫力《はくりよく》がある。

「あれ、俺たちのこと知ってるんですか？　やったね」

「当たり前だ。あれだけ日浦《ひうら》と一緒《いつしよ》にいれば、顔も名前も覚える」

「あー、そういう。ま、俺はそんなにくっついてないですけどねー」

玲児《れいじ》があははと笑う。

こういうとき、玲児《れいじ》は率先《そっせん》して会話を受け持ってくれるので、かなり便利だ。

しかも、細かい時間稼《じかんかせ》ぎが抜群《ばつぐん》にうまい。いやなやつめ。

「あの子とまともに親しいのは、お前たちだけだろう。で、どっちが彼氏《かれし》だ？」

「こいつです、明石《あかし》」

「おい、嘘《うそ》つくな」

指差してくる玲児《れいじ》の手を、わりと強めに叩《たた》く。

誤解されたら面倒《めんどう》だろ、あほ。

「……まあいい。それで、なぜここにいる。目当てはなんだ？」

浅見《あさみ》先生は怪訝《けげん》そうな顔で、じっと俺たちを睨《にら》んだ。

ごまかそうにも、女子を物色しにきました、とはいえない。どう考えたって、そっちの方が問題だ。

まあ、ごまかすつもりもない。

この人と話すことだって、今日の目的のひとつだからな。

「日浦《ひうら》が心配なんで、見にきました」

「俺はかわいい子を見つけに」

と、玲児《れいじ》がなんのためらいもなく続いた。恐《おそ》れ知らずなやつだ。

「なるほど。まずは三輪《みわ》」

「はい、なんでしょう」

「坂井《さかい》と芳野《よしの》は彼氏《かれし》持ちだ。なるべく他にしろ。向こうの部員は知らん」

「おー、情報提供ありがたい。ま、彼氏《かれし》持ちでも関係ないですけど」

いや、止めないのかよ。しかも、なるべくってなんだ。キャラの摑《つか》みにくい先生だな……。

そして、玲児《れいじ》は自重しろ。

「次、明石《あかし》」

「はい」

「あの子……日浦《ひうら》は、どうだ？」

浅見《あさみ》先生は、急に不安げな声になって言った。

横目でちらりと、練習中の日浦《ひうら》を見る。

小さく跳《と》び上《あ》がって打ったバックハンドが、クロスコートに突《つ》き刺《さ》さるところだった。

たしか、ジャックナイフとかっていう打ち方らしい。

「会ったのか？　なにか……言ってたか？」

「呼び出しがあった日に、話しました。多少イライラしてますけど、まあ平気そうです。事情も、ある程度は聞いてます」

「……そうか」

自嘲《じちょう》気味にふっと笑って、浅見《あさみ》先生がすとんと腰《こし》を下ろした。

当然ながら、この人も今回の件には、かなり深く関わっているはずだ。

つまり、重要参考人。話を聞かない手はない。

「どうして、放置してるんですか」

単刀直入を意識して、俺は尋《たず》ねた。

失礼だと思われたって、べつに構わなかった。

「日浦《ひうら》、避《さ》けられてますよね。揉《も》めたのは双葉《ふたば》とだけなのに、みんながそうしてる。変だって思わないんですか」

双葉《ふたば》との仲がこじれるのは仕方ないし、妥当《だとう》だ。喧嘩《けんか》両成敗って言葉もある。

だが、日浦《ひうら》だけが全体から浮《う》いてるのは、理屈《りくつ》が通らない。

この人が、現状に気づいてないわけがない。これが的外れな排斥《はいせき》なら、顧問《こもん》だって部員に注意するべきだ。

勝手なことをいわせてもらえば、この人にも責任の一端《いったん》はある。

「なにか、こうなってる理由があるんですか。ないなら、ほっとかないでください。あいつは助けてほしいなんて言わないでしょうけど、気の毒です」

はっきりいって、俺は少なからず怒《おこ》っていた。

日浦《ひうら》を助けるためなら、できることはなんでもする。

だがそもそも、あいつが今こうなっていることが、俺には気に食わない。

詳《くわ》しい事情はわからないし、日浦《ひうら》の自業自得《じごうじとく》なのかもしれない。

しかしそうだとしても、現状を放置していいことにはならないだろう。

浅見《あさみ》先生が、驚《おどろ》いたように目を見開く。

それから、唇《くちびる》をギュッと引き結んで、俯《うつむ》き気味に顔を歪《ゆが》めた。

「……返す言葉もないな」

弱々しい声だった。

後ろで、玲児《れいじ》がふっと息を吐《は》く気配がした。

「なんとかしたいと、思ってる。……だが、まだ糸口が摑《つか》めないんだ。情けない。自分がいやになるよ」

「……」

「思えば、去年もそうだったな。当時の三年と日浦《ひうら》がぶつかって、けれど、私はなにもできず、結局引退を待つことになって……。そんなことばかりだ、私は」

拳《こぶし》を強く握《にぎ》りしめて、浅見《あさみ》先生は悔《くや》しそうに肩《かた》を震《ふる》わせた。

先生が言っているのは、俺と日浦《ひうら》が話すきっかけになった、あの出来事のことだろう。

あれ以来、日浦《ひうら》はずっとテニス部に馴染《なじ》めずにいる。

直接あいつと揉《も》めた連中は、もういないのに。

「すまない、明石《あかし》。だが、もう少し時間をくれ。必ずなんとかする」

小さく、それでいてしっかりと、浅見《あさみ》先生は頭を下げた。

罪悪感に襲《おそ》われて、俺は思わず頬《ほお》をかく。

こうストレートに言われると、申し訳なさが勝ってしまう。

「……原因はなんなんですか。双葉《ふたば》と日浦《ひうら》の喧嘩《けんか》については聞きましたけど、それで他の部員にも避《さ》けられてるのは、やっぱりおかしいです」

シンプルに双葉《ふたば》に人望があって、部長の敵はみんなの敵とか、そういうことなのだろうか。

状況《じょうきょう》としては単純だが、たしかに解決には手こずりそうだ。

「……正確なところは、私にもまだわからないが」

「……」

「あとを引いてる、というのは、大きいだろうな」

また苦しそうな顔で、浅見《あさみ》先生は言った。

あとを引く。

いやな言葉だな、と思った。

「日浦《ひうら》と揉《も》めた当時の三年は、ひとつ下の代と仲がよかったからな……。やつらが引退したあとも、二年と日浦《ひうら》のあいだには、確執《かくしつ》が残ってしまった。あの子のせい、というわけではもちろんないが、結果として日浦《ひうら》の学年全体が、上の代と冷戦のような状態になっていたんだ」

「……それは」

理不尽《りふじん》だ、とも言い切れなかった。

もとはといえば、日浦《ひうら》を陥《おとし》れようとしていた連中が、全ての元凶《げんきょう》だ。

だが、あの一件で日浦《ひうら》が先輩《せんぱい》たちの恨《うら》みを買ったとなれば、たしかに双葉《ふたば》たち同学年としてはやりにくいだろう。

「その代も二ヶ月前には引退したが、日浦《ひうら》が上と揉《も》めなければ、部は平和だったのに。そう思っているやつは少なくない。やり場のない怒《いか》り、とでもいうのか……」

「なーるほど。自分達が主力になったからって、それでもういざこざのことは忘れよう、って感じにはならなかったわけだ」

ちょっと離《はな》れたところから、玲児《れいじ》がまとめるように言った。

どうやら、ちゃんと聞いていたらしい。

しかし、この話が本当だとしたら……。

「厄介《やっかい》ですね……完全に、がんじがらめだ」

「そうだな。もともと今の二年は、日浦《ひうら》のことを持て余していただろうし。そんな折に、周りから慕《した》われている双葉《ふたば》とぶつかって、ますます扱《あつか》いに困っているんだろう」

「まあ、ただでさえ気難しい、というか、変なやつですからね……」

集団で敵を作らずに過ごす、ってことができるタイプじゃない。普段《ふだん》ならそれでも困らないだろうが、部活は一緒《いっしょ》にいる相手を選べないからな……。

「あとは……そうだな」

浅見《あさみ》先生が、顎《あご》に手を当てた。

それから、コートを走り回る日浦《ひうら》を遠い目で眺《なが》めて、つぶやくように言った。

「あの子は……強いからな」

眩《まぶ》しそうに眉根《まゆね》を寄せて、浅見《あさみ》先生はしばらく黙《だま》っていた。

日浦《ひうら》が強い。

それはたしかに、その通りだろう。精神的にも、実力的にも。

だが……なぜ今、そんな話が出るのか。

疑問に思ったけれど、どうしてか、尋《たず》ねることはできなかった。

「とにかく、だ。この件は、私がいずれなんとかする。あらためて言うが、少し時間をくれ」

「……わかりました」

さすがに、これ以上は責められない。

そんな資格もないだろうし、そうしたところで、解決に近づくとは思えない。

ここは、浅見《あさみ》先生を信じよう。熱心だし、責任感の強い人だ。

「けど必要なら、すぐ俺を使ってください。解決が早まるならなんでもします。お願いします」

「……ああ、わかった。約束する」

慎重《しんちょう》な声でそう言って、浅見《あさみ》先生はじっと、俺の顔を見た。

キツそうに見えるが、明らかに美人だ。人気があるのも頷《うなず》ける。

「明石《あかし》、お前……本当に日浦《ひうら》と付き合ってないのか？」

「えっ……はい、ないですけど」

さっき言ったばっかりですが……。

っていうかこの人、意外とこの手の話題に寛容《かんよう》だな。

「そうか……。だが、どうしてあの子がお前を気に入ってるのか、なんとなくわかったよ」

ふっと笑った浅見《あさみ》先生の表情は、なんだかやたらと大人っぽかった。まあ、大人なのだが。

おい玲児《れいじ》、お前は笑うな。

「それにしても、双葉《ふたば》も困ったやつだ。しっかり者だが、少し負けず嫌《ぎら》いがすぎるな」

「実際、どんな感じだったんですか？　その、喧嘩《けんか》があった日は」

日浦《ひうら》本人から聞いたとはいえ、周りからどう見えたのかは、かなり重要だ。

念のため、確認《かくにん》しておいても損はない。

「練習中に試合に負けた双葉《ふたば》が、日浦《ひうら》に摑《つか》みかかった。そう聞きましたけど」

「私が駆《か》けつけたのは、もう双葉《ふたば》が逆上したあとだった。が、一部始終を見ていたやつらによれば、今お前が言った通りだよ」

「……そうですか」

なら、特に新しい情報はなし、ってことだ。

いいような悪いような、だな。

「ああ、だがひとつだけ、気になることがあったな」

「えっ……なんですか、気になることって」

「双葉《ふたば》は日浦《ひうら》に向かって『バカにすんな！』と叫《さけ》んでいた。羽交《はが》い締《じ》めにされながら、な」

「バカに……ですか？」

なんだ……バカに、って。

「だが話では、日浦《ひうら》の方は双葉《ふたば》には、なにも言っていない。ただ、試合に勝っただけだ。それで、どうしてそんなセリフが出るのか……なにか、心当たりがあるか？」

「……いえ、まったく」

そう答えながら、俺はあの日、プルーフで日浦《ひうら》と会ったときのことを思い出していた。

双葉《ふたば》のセリフの意味は、本当にわからない。

摑《つか》みかかってきた双葉《ふたば》を、日浦《ひうら》は避《よ》けた。ついでに、そのあとのビンタも。

それが、双葉《ふたば》のプライドを傷つけた。単にそれだけのことなのかもしれない。

だが……だったら、どうして。

どうして日浦《ひうら》は、俺にその話をしなかったんだ……？

「まあいい。そろそろ戻《もど》るが、お前たちは好きなだけ見学していけ。男が見ていれば、やつらも普段《ふだん》より、やる気を出すだろう」

「いぇーい。じゃ、遠慮《えんりょ》なく」

なあ日浦《ひうら》。

それに、双葉《ふたば》。

お前ら、なにを隠《かく》してるんだ。

ホントは、いったいなにがあったんだ。

「そうだ。ところで、明石《あかし》」

「……えっ。あ、はい」

突然《とつぜん》現実に引《ひ》き戻《もど》されて、思わずマヌケな声が出る。

浅見《あさみ》先生の肩越《かたご》しに、俺は双葉《ふたば》と日浦《ひうら》が、コートでボールを打ち合っているのを見た。

「お前、もしかして、兄貴がいないか？」

◆　◆　◆

「うわ――――っ！　湘子《しょうこ》ちゃんだ！」

俺たちがプルーフに入るなり、有希人《ゆきと》はバカデカい声で叫《さけ》んだ。

まるで子どもみたいに、キラキラと目を輝《かがや》かせている。

営業中だってわかってるのか、こいつは……。

「うるさいぞ明石《あかし》。そして、浅見《あさみ》先生と呼べ」

シャツと綿パンのタイトな私服に着替《きが》えた先生が、叱《しか》るように言う。

明石《あかし》というのはもちろん、俺のことではない。

「懐《なつ》かしいなぁ。五年ぶりですか？　相変わらず綺麗《きれい》ですねぇ」

「お前も変わらないな……。元気そうでなによりだ」

そう、どうやら有希人《ゆきと》は久世《くぜ》高《こう》時代、浅見《あさみ》先生の教え子だったらしいのだ。

あのあと先生に店のことを話したら、練習後に足を運ぶことになった。

ちなみに、一緒《いっしょ》に来た玲児《れいじ》と日浦《ひうら》は、俺の後ろでまだ耳を塞《ふさ》いでいる。

有希人《ゆきと》の大声警戒《けいかい》だろう。賢明《けんめい》だな。

「どうぞどうぞ。ご馳走《ちそう》するので、ゆっくりしていってください」

「バカ、教え子にご馳走《ちそう》になるか」

「いやいや、お世話になったんで、恩返しですよ。なにせ店長ですし。おっと、亜貴《あき》ちゃんと玲児《れいじ》くんもいらっしゃい」

「うむ、来てやったぞ」

「お邪魔《じゃま》しまーす」

賑《にぎ》やかだ……。

他の客の迷惑《めいわく》に、と思ったが、店内は空《す》いていて静かだった。

一応、有希人《ゆきと》もそういうところは考えているらしい。まあ当たり前か。

「いやぁ、まさか湘子《しょうこ》ちゃんに会えるなんて。今日はいい日だなぁ」

「こっちの明石《あかし》が、名字も同じなうえに、少しお前に似ていたからな。まさかと思って聞いてみれば、従兄弟《いとこ》だったとは」

親指で俺を示しつつ、浅見《あさみ》先生が言う。

いや、俺と有希人《ゆきと》……似てるか？

「顔じゃなく、雰囲気《ふんいき》がな。真っ向から私に意見してくるようなところは、特にそっくりだ」

「えぇー。俺、そんなことしたことないですよ」

「……お前、本気で言ってるのか？」

「あれ？　あはは、もう覚えてないです」

とぼけたように笑って、有希人《ゆきと》は頭を揺《ゆ》らしていた。

当時は浅見《あさみ》先生も、さぞ苦労したことだろうな、こりゃ。

「よーし、伊緒《いお》。俺は湘子《しょうこ》ちゃんとお楽しみだから、お前はあっち行ってろ」

「へいへい」

「こら、おかしなことを言うな。お前も納得《なっとく》するな」

べつに、納得《なっとく》はしていない。

ただ、いちいち相手にしてるとキリがないんです。

というわけで、俺は大人ふたりから離脱《りだつ》して、先に移動していた日浦《ひうら》たちのところへ。

だが、いつもの奥まった席を覗《のぞ》くと、想定よりも人間が多かった。

「い、伊緒《いお》っ……いたんだ」

「おお、梨玖《りく》か。それに……」

「……お邪魔《じやま》してるわ」

テーブルには日浦《ひうら》と玲児《れいじ》の他に、我が妹と、いつもよりすっきりした服装の湊《みなと》がいた。

黒いカットソーに藍色《あいいろ》のデニムが、かえって品のよさを感じさせる。

広げられたテキストやノートを見るに、おそらく梨玖《りく》に勉強を教えてくれていたのだろう。

俺が知る限りでも、今日でもう二回目だ。ありがたい限りだな。

「梨玖《りく》、ちゃんとやってるか？」

「うるさい。やってるもん。当たり前でしょ」

「そうかそうか。まあ頑張《がんば》れ。湊《みなと》が味方なら、怖《こわ》いものなしだろ」

なにせ、久世高《くぜこう》で学年四位だし。それに、教え方も厳しそうだ。

梨玖《りく》は真面目だから、相性《あいしょう》もいいだろう、たぶん。

「だいじょぶだって。伊緒《いお》が受かったんだから、梨玖《りく》ちゃんなら余裕《よゆう》だよ」

「うぅ～、プレッシャーですよ玲児《れいじ》さぁん……」

「ありゃ。応援《おうえん》すんのも難しいなー」

気楽そうに笑いながら、玲児《れいじ》は教科書をペラリとめくった。

二年前、つまり俺たちが中三の頃《ころ》、梨玖《りく》は玲児《れいじ》と面識を持った。

たしか最初は、玲児《れいじ》がプルーフに来ていたときだったか。その後もなにかと顔を合わせる機会が多く、徐々《じょじょ》に親しくなっていった。

一方で、日浦《ひうら》とはまだ知り合って日が浅い。

が、梨玖《りく》はソフトテニス部なので、テニスが上手《うま》いと有名な日浦《ひうら》に、尊敬の念を抱《いだ》いているらしかった。

「論文で入ればいいじゃん。明石《あかし》が入れたのだって、そのおかげだし」

「うむ、間違《まちが》いないな、我ながら」

「そりゃ私も、できればそうしたいですけど……でも、論文の方が倍率高いんですよ！　余計難しいです！　それに、文章書くのって苦手だし……」

「あんなもん、テンプレでいけるぞ。受かる書き方なんて、大体決まってんだよ」

「えっ、そうなんですか……？　そんな裏技《うらわざ》が……ゴクリ」

「ちょっと日浦《ひうら》さん。あんまり惑《まど》わせるようなこと言わないで」

と、湊《みなと》が真面目な注意を飛ばす。

そういえば、日浦《ひうら》も密《ひそ》かに論文組だったな。そして、俺はそんな技《わざ》知らないぞ、おい。

まあ論文入試でも一般《いっぱん》入試でも、受かれば同じだ。どっちでもいいから、頑張《がんば》れよ、梨玖《りく》。

……さて。

俺は俺で、やることやらなきゃな……。

「日浦《ひうら》、ちょっといいか」

「……なんだよ」

警戒《けいかい》したように目を細めて、日浦《ひうら》がこっちを見上げる。

俺の声から、慎重《しんちょう》さを感じ取ったのかもしれない。

さすが、勘《かん》の働くやつだ。

「向こうで話したい。好きなもの頼《たの》んでいいから、付き合ってくれ」

渋《しぶ》る日浦《ひうら》の手をなんとか引っ張って、俺は隅《すみ》のテーブル席に移動した。

ケーキと炭酸が運ばれてくるまでのあいだも、日浦《ひうら》は不機嫌《ふきげん》そうに膨《ふく》れていた。

気にかけてくれているのだろう、湊《みなと》が向こうの席から、何度か心配そうにこっちを見ていた。

当然、気は重い。

けれど、どうしても聞かなければいけないことが、俺にはあった。

「バカにすんな、って、どういう意味だ」

俺を睨《にら》んでいた日浦《ひうら》の目が、さらに鋭《するど》くなった。

だが、すぐに逃《に》げるように、フイッと視線をそらす。

こいつがこんなことするなんて、それはそれは珍《めずら》しいことだ。

「双葉《ふたば》に、そう言われたんだろ。お前の説明通りなら、そんなセリフが出るのはおかしい」

「あたしが知るか。本人に聞けよ」

んがっと口を開けて、日浦《ひうら》はケーキの先端《せんたん》を頬張《ほおば》った。

もぐもぐと動く顎《あご》が、不機嫌《ふきげん》さを如実《にょじつ》に表しているようだった。

「双葉《ふたば》には、今度聞きにいく。でも、まずはお前だ」

そんな理屈《りくつ》で逃《に》げられるなんて、まさか思ってないだろ。

俺はバカだが、しつこいぞ、日浦《ひうら》。

「ホントに、知らないのか。心当たりもないか」

「……」

今度はまっすぐに、日浦《ひうら》は俺を射すくめた。

頬杖《ほおづえ》を突《つ》いたまま、怒《おこ》ったような、拒絶《きょぜつ》するような目で。

あたしを敵に回す気か。そんな声が、きゅっと結ばれた唇《くちびる》から漏《も》れてくるみたいだった。

「……けっ。やっぱめんどいな、お前は」

ふっとほどけたように、日浦《ひうら》の肩《かた》がすとんと落ちた。

悪いな、俺の粘《ねば》り勝《が》ちだ。

お前に睨《にら》まれるのなんて、もう慣れっこなんだよ。

「練習試合で、手ぇ抜《ぬ》いた」

バツが悪そうに、日浦《ひうら》が言った。

「あいつがあんまり必死だから、ちょっと手加減しただけだ。んで、たぶんそれがバレた」

「……舐《な》められたみたいで、いやだったたってことか」

「だろーな」

「しかも、結局お前が勝ったのかよ……」

しかし……それはなんとも、日浦《ひうら》らしくない。

「理由は」

「……なんの」

「手を抜《ぬ》いた理由だ。お前、そんなことするタイプじゃないだろ」

体育祭のクラスリレーだって、勝つためにルールを変えにいくようなやつだ。

相手が必死だったから、なんていうのは、手加減する理由にはならない。

そんなことは日浦《ひうら》だって、自分でわかるはずだ。

「それに、なんでこのこと、俺に黙《だま》ってた。向こうが怒《おこ》った原因は、お前が試合に勝ったから。

それ以外に思いつかない。前にプルーフで会ったとき、お前はそう言ったぞ」

「……」

日浦《ひうら》はますますいやそうな顔になって、またケーキを口に入れた。

まるで苦いものを食べているように、顔が歪《ゆが》む。

プルーフのレアチーズケーキは、爽《さわ》やかな甘みが売りの人気メニューだ。

「諦《あきら》めたふりして、まだなにか隠《かく》してるだろ。ひとつ白状すれば、俺が満足すると思って
――」

「あー、もううっさいな」

俺の言葉を遮《さえぎ》って、日浦《ひうら》はひょいっと立ち上がった。

それから、残りのケーキを全部口に放り込んで、俺の炭酸を勝手に飲んだ。

「じゃあ、あたしもひとつ言うけどさ」

ガンっと音を立てて、日浦《ひうら》がグラスを置いた。

湊《みなと》や玲児《れいじ》、浅見《あさみ》先生が、驚《おどろ》いた様子で俺たちを見ていた。

「お前こそ、なんか隠《かく》してるだろ」

「っ……！」

喉《のど》が詰《つ》まって、なにも答えられなかった。

後ろめたさと焦《あせ》りで、頭の中がグルグルと、かき混ぜられるみたいだった。

「なんでお前が、今日の女テニの練習場所と、時間を知ってんだ。あたしに聞いてこなかったくせに。いや、今日だけじゃない。ここんとこ、ずっとだろ」

思いのほか穏《おだ》やかなその口調も、表情も。

ただひたすら、俺の罪悪感を掻《か》き立《た》てていた。

こいつの鋭《するど》さも、周囲への感度も。

当然だ。去年と、ちっとも変わってない。

「勘違《かんちが》いすんなよ、明石《あかし》」

「……」

「あたしはもう、お前に隠《かく》し事《ごと》されたっていい。だから、あたしのことも見逃《みのが》しとけ」

──あたしはお前と、友達になりたい。

──だから、鬱陶《うっとう》しい隠《かく》し事《ごと》されるのはヤだ。

ああ、日浦《ひうら》。

俺は……お前に──。

「わかったら、この話終わり」

そう言って、日浦《ひうら》は元のテーブルに戻《もど》っていった。

勉強の手を止めてこっちを見ていた梨玖《りく》のほっぺたを、グニっと軽くつねって。

沈《しず》むように椅子《いす》に座って、今度は湊《みなと》のカフェオレを、我が物顔《ものがお》で奪《うば》う。

その様子があまりにもいつも通りで、ますます、日浦《ひうら》への申し訳なさが募《つの》った。

……あいつの言う通りだ。

日浦《ひうら》が、どうしても言いたくないのなら。

きっとそこには、相応の理由がある。

一年前、他人だったあの頃《ころ》とは違《ちが》う。

俺たちはもう、お互《たが》いのことを、よく知っているのだから。

「おい、明石《あかし》」

日浦《ひうら》が、顔だけをこっちに向けて、俺を呼ぶ。

なのに俺は、あいつの方を見ることができなかった。

「ヘコむな、あほ。早くこっち来い」


みんなでワーワー言いながらの夕食を終えた、夜の七時頃《ごろ》。

「玲児《れいじ》さん、日浦《ひうら》さん、さようなら……」

涙目《なみだめ》になった梨玖《りく》ちゃんが、俺と日浦《ひうら》にペコリとお辞儀《じぎ》した。

シャーペンと消しゴムを握《にぎ》りしめた両手が、プルプル震《ふる》えている。

どうやら、まだしばらく勉強するらしい。真面目な子だ。

おまけに伊緒《いお》の妹なのに、素直《すなお》でかわいい。モテるだろうなあ、梨玖《りく》ちゃん。

「頑張《がんば》れー。受かったら、伊緒《いお》にご褒美《ほうび》貰《もら》いな」

「そうします……」

「勝手に決めるな」

と、伊緒《いお》が抑揚《よくよう》なくツッコむ。

さっきはずいぶん弱ってたけど、ある程度は復活したようだ。

「んじゃ、お邪魔《じゃま》しました」

カウンターの明石《あかし》さんにも声をかけて、日浦《ひうら》とふたりで店を出る。

柚月《ゆづき》ちゃんも伊緒《いお》も、最後まで梨玖《りく》ちゃんの勉強に付《つ》き添《そ》うらしい。

ちなみに、湘子《しょうこ》ちゃんはいつの間にか、俺たちの会計を終わらせていなくなっていた。さすが大人だ。

外はもうすっかり暗く、ときめき坂は並び立つ店の明かりに照らされていた。

高校に上がってからは、この辺りにもよく来るようになった。

行動範囲《はんい》が広がったのは、やっぱり通学定期のおかげだろうな。まあ最近の伊緒《いお》みたいに、京都《きょうと》やら大阪《おおさか》やらまで出張ろうとは、なかなか思わないけど。

滋賀《しが》だって、わりと充実《じゅうじつ》してるからな。ラウワンとか、映画館とか。

「……ん、おーい。待て、せっかち少女」

さっさと歩き出していた日浦《ひうら》を、俺は後ろから呼び止めた。

日浦《ひうら》は煩《わずら》わしそうにこっちを振《ふ》り返《かえ》って、俺の言葉の続きを待っている。

相変わらず、愛想《あいそ》のないやつめ。

まあ、俺が日浦《ひうら》になんの用だって、そう思うのもわかるけどな。

「あっさりお別れじゃ寂《さび》しいだろ。駅まででいいから、付き合いなさい」

「ヤだ」

ぷいっとそっぽを向いて、日浦《ひうら》はまたすたすたと歩き出す。

取りつく島もないねぇ、やれやれ。

「おーい。ちょっとぶりに、ふたりで話そうぜ。仮にも友達だろ」

「友達じゃない」

「いや、そうだけども。友達ってことにしとけ、今日のところは」

変な会話をしながら、俺は日浦《ひうら》の前に回り込んだ。

俺と日浦《ひうら》は、どういう関係なのか。

そんなこと自体は、正直どうでもいい。

伊緒《いお》を通じて話すだけの俺たちには、個人的な情はあまりない。

きっとお互《たが》いに、変なやつだなって。

こいつとはこれ以上、仲よくなることはないだろうなって、思ってるだけ。

それを悲しいとも、歪《ゆが》んでるとも思わない。

ただ、ちょうどいい。

相性《あいしょう》的にも性格的にも、俺たちにはこういうのが似合ってる。

でも、まあ今日は聞けよ、俺の話をさ。

「飲み物一本でどうよ」

「満腹」

「いやいや、持《も》ち越《こ》しアリだから。いつでも自由に、一本奢《おご》る」

「……」

未《いま》だに警戒《けいかい》心剝《む》き出《だ》しの日浦《ひうら》から、俺は半ば無理やり、テニスバッグを奪《うば》い取《と》った。

伊緒《いお》が相手なら、すぐについてくクセにな、まったく。

「駅までな」

「さあ、どうでしょう」

カバンが人質《ひとじち》になってる以上、俺に主導権があるんだよなあ。

と、まあそんな簡単にいかないのが日浦《ひうら》なのだけれど。

ヘタすりゃ、俺相手でも力ずくで来るだろうしな。

「話そうぜって言ったろ。それが終わるまで、な？」

「……ちっ」

どうやら諦《あきら》めたらしく、日浦《ひうら》はくるっとこっちに向き直った。それから俺のちょっと後ろについて、荒《あら》い足取りで歩く。

手のかかるお姫《ひめ》様だこと。

「さっさと話せ」

「まあ待て。アイドリングトークができないやつは、モテないんだよ」

「モテる男は、半分くらいいろくなやつじゃない」

「うーん、半分くらいってのがまた、否定しにくいところだな」

まあ、俺は七割だと思うけどね。

「柚月《ゆづき》ちゃんたちと、仲いいじゃん」

さっそく、アイドリングトークその一。

まあ、無関係な話題ってわけじゃないけどな。

「なんか安心したぞー。お前も女友達作れるんだな」

「うっさい」

「みんないい子だもんなー。日浦《ひうら》相手に、萎縮《いしゅく》しないところもいい」

クラスの女子は、大抵《たいてい》日浦《ひうら》を恐《おそ》れてるからな。

最近はちょっと、マスコット感も出てきたけどさ。

「全員あほだ。柚月《ゆづき》は考えすぎのあほ。御影《みかげ》はお人好《ひとよ》しのあほ。藤宮《ふじみや》は普通《ふつう》のあほ」

「おっ、言うねぇ。まあちょっとわかるけど」

なにせ、そういう子たちだからこそ、今こうなってるわけだしな。

「さっき、伊緒《いお》となに話してたんだよ」

もちろん、これもまだ本題じゃない。

本丸にはちょっとずつ、確実に近づいていくもんだ。

「なんも。ってか、お前に関係ない」

「関係なくても、やっぱ気になるだろー」

「嘘《うそ》つけ」

「ありゃ。バレたか」

けど、なにもどうでもいいってわけじゃないんだぞ。

ただ、どうせいつものパターンだろうしな。

「あいつ、マジになってたじゃん。喧嘩《けんか》とは珍《めずら》しいな」

「喧嘩《けんか》じゃねーよ。あいつがあほなだけだ。どいつもこいつもあほばかり」

「自分は違《ちが》うって？」

「今回は、あたしもわりとそっち寄り」

「ほーん。そりゃどうしようもないな、お前ら」

自覚があるところが、このじゃじゃ馬のかわいくないところだ。

まっ、今回は俺はパスだな。

出る幕じゃなさそうだし、伊緒《いお》のやつも頼《たよ》ってこないしな。

そこで、俺たちはちょうど、駅前のロータリーに辿《たど》り着《つ》いた。

さすがに高校生は少なく、仕事帰りらしいスーツ姿の大人たちが、駅から流れ出てきていた。

「伊緒《いお》は、これからどうなると思う？　主に、恋愛《れんあい》面に関して」

歩道脇《わき》の手すりに身体《からだ》を預けて、俺たちは横並びになった。

こうしてみると、やっぱり日浦《ひうら》は背が低い。そのわりに、存在感は人一倍だ。

今に始まったことじゃないけどな。

「どうって？」

「わかってるだろ。誰《だれ》かと付き合いそうかどうか、って話だ。あいつから動くのでも、そうじゃなくても、な」

バタンとタクシーのドアを閉める音が、すぐそばから聞こえた。

そのまま踏切《ふみきり》を通り過ぎて、坂を下っていく。

さっきまでと比べて、返答に時間がかかってないか。なあ、日浦《ひうら》よ。

「一番近くにいる人間として、あいつの動向は気になるだろ、お前も」

「べつに、ならん」

「おいおい、薄情者《はくじょう》め」

この俺ですら、こうして多少気にしてるってのにさ。

今、伊緒《いお》の周りは複雑だ。

この数ヶ月だけで、急にそうなった。もちろん、前からその可能性はあっただろうけどな。

最初は、いいことだと思ってた。

伊緒《いお》のごちゃごちゃした悩《なや》み……中二の頃《ころ》に起きた、あのどうしようもない出来事から、ついに解放されるかもしれない。そう思った。

俺だって、あいつとは付き合いも長いんだ。それくらいのことは考える。

けど、当初の予想よりも、状況《じょうきょう》は難しくなってきた。

「なるようになるだろ。柚月《ゆづき》も御影《みかげ》も、他の誰《だれ》でも、好きにすればいい」

「つれないねぇ、友達だろうに」

でも、そのふたりの名前がお前から出るのはもう、気にしてる証拠《しょうこ》だぞ。バカめ。

「好きにするのが難しいんだろうさ」

「難しくて諦《あきら》めるなら、それもそいつの選択《せんたく》だろ」

言って、日浦《ひうら》がググッと伸《の》びをした。

ジャージの裾《すそ》から、ちらりとヘソが覗《のぞ》く。さて、伊緒《いお》が見たらなんて言うかな。

それから、俺はしばらく黙《だま》っていた。

日浦《ひうら》はどういうわけか、続きの催促《さいそく》もしてこない。

それどころか、満腹だって言ってたクセに、俺に小銭《こぜに》をせびって自販機《じはんき》に歩いていった。

「……伊緒《いお》はどうするのか、ねえ」

ここ数日は、やたらと忙《いそが》しそうにしている。

今日の部活見学や、日浦《ひうら》とのいざこざだって、それ絡《がら》みだろう。

だが、伊緒《いお》よ。

そんなことしてる場合か？

お前は、もっと自分のことを考えた方がいいんじゃないのか？

「ん」

「釣《つ》りはいらねぇ。取っときな」

「いや、十円足りなかった」

「……」

あそこの自販機《じはんき》、百六十円のがあるのかよ……。っていうか、足りるやつ選べよ。

渋々《しぶしぶ》追加で十円を渡《わた》すと、日浦《ひうら》は今度こそ飲み物を買ってきた。期間限定みたいな、豪華《ごうか》なパッケージだった。

ゴクゴクと贅沢《ぜいたく》に喉《のど》を鳴らす日浦《ひうら》の隣《となり》で、考える。

伊緒《いお》はまず、今の状況《じょうきょう》から抜《ぬ》け出《だ》すことが先決だ。

すなわち、あの先輩《せんぱい》のことを忘れて……いや、忘れるために、新しい恋《こい》をする。もっと気楽に恋《こい》をして、ちょっとずつ、傷を忘れていく。

それが一番簡単で確実な、あいつの助かる道だ。

なのに今、あいつは「誰《だれ》を選ぶか」なんていう、余計な問題を抱《かか》えそうになっている。

自覚があるのかどうかは知らないけれど、あいつの置かれてる状況《じょうきょう》は、そういうものだ。

そんな難しすぎる問題は、今のあいつには、無駄《むだ》な重荷だ。

このままじゃ、ますます身動き取れなくなるぞ。

なあ、わかってるのか、お前は。

「ほっ」

短いかけ声を上げて、日浦《ひうら》がゴミ箱に缶《かん》を放った。

バスケ部の俺から見ても、やたらと綺麗《きれい》な軌道《きどう》だった。

「じゃ、ついに本題へ」

「早よしろ」

うんざりしたように、日浦《ひうら》が口をへの字に曲げる。

予定よりグダッたのはたしかだけど、そんなにいじめるなよ。

「お前、伊緒《いお》に彼女できたらどうすんの？」

「……」

お、黙《だま》ったな。

ちょっとしてやった気分だ。ふはは。

「今みたいな関係のままでいるのか？　いいのか、それで」

だって、考えてもみろよ。

お前は「好きにしろ」なんて言うけどさ。

お前が伊緒《いお》のそばに……近すぎる場所にいるのだって、それができない原因のひとつかもしれないだろうに。

「もし伊緒《いお》に恋人《こいびと》ができたら、その子にとって、お前は目障《めざわ》りだぞー。いくらお互《たが》いに恋愛《れんあい》感情がなくたって、邪魔《じゃま》だよ。嫉妬《しっと》もされるし、喧嘩《けんか》の種にもなるかもしれない。そこんとこ、どう思うわけ」

「……そんなこと聞くために、あたしを引き止めたのか」

「ああ。重要だからな。お前ともあろうものが、わかってないなんてこともないだろうし」

日浦《ひうら》は、普段《ふだん》から恋愛《れんあい》めいたものを見せない。

でもそれは、こいつがそういうものに疎《うと》いというのとは別の話だ。

憎《にく》らしいくらい頭がいいこいつには、この手の機微《きび》は間違《まちが》いなく、しっかり見えている。

そしてだからこそ、どうすんだよと、聞いておきたかった。

こんなことは、俺以外には誰《だれ》も、聞けやしないだろうから。

「べつに、伊緒《いお》の友達やめろ、なんて言ってるわけじゃない。俺はそこまで、恋愛《れんあい》脳じゃない。ただ、どういう想定でいるのか、それが気になるんだよ。お兄さんに言ってみな」

「……あたし、お前嫌《きら》いだ、やっぱり」

「あー、わかる。俺はけっこう好きだけどな、日浦《ひうら》」

「……」

ちょっと、意地悪しすぎたか。

そんなことを思っていると、日浦《ひうら》はぴょんっと跳《は》ねるように、手すりから跳《と》び退《の》いた。カバンをグイッと掴《つか》んで、小さな身体《からだ》で担《かつ》ぐ。

こいつまさか、帰ろうとしてるな。

「おーい、まだ話終わってないぞ。ジュース飲んだろ」

「うるせー。わかってるよ」

首だけをこっちに捻《ひね》って、日浦《ひうら》が言った。

普段《ふだん》と比べても、何倍も目つきが悪かった。

こりゃ、あんまり刺激《しげき》しすぎない方が身のためだな。

「あたしがどうするか、って聞いたな」

「ああ、聞いたね」

カンカンカンと、踏切《ふみきり》が鳴る。

その音の隙間《すきま》を縫《ぬ》うように、電車が近づいてくるかすかな地響《じひび》きが、心臓に伝わってきた。

「お前、根本的に間違《まちが》ってるぞ」

「……なんだそれ。どういう」

意味だよ。

そう、続けようとしたのに。

「あ、こら！」

日浦《ひうら》はダッと駆《か》けて、踏切《ふみきり》の向こう側まで移動した。

追いかけようにも、ちょうど降りてきた遮断《しゃだん》機に阻《はば》まれる。

あいつ、これを狙《ねら》ってたな……。

「三輪《みわ》」

踏切《ふみきり》を挟《はさ》んで、俺たちは向かい合う。

なんだかおかしな状況《じょうきょう》だ。

それに、ちょっと目立ってるぞ、おい。

「どうするか考えるのも、それを実行するのも、あたしじゃねー。それに、明石《あかし》でもない」

「……わけわからん」

なんの謎解《なぞと》きだよ。

それとも、まともに答えるつもりなんて初めから——。

「あたしたちだ」

「えっ……」

……ああ、なんだ。

お前ら、結局そういう感じかよ。

「あいつとあたし、ふたりの問題だ。なら、ふたりで決める。当たり前だろ。あたしひとりに聞いたって、意味ねーんだよ」

「……はいはい、そうですか」

直後、電車が俺たちのあいだに、ゆっくりと割り込んでくる。

日浦《ひうら》の姿はもちろん、もう声も聞こえない。

しばらくすれば、また向こうが見えるようになる。

そう思ったけれど、どうせあいつのことだ。

「……やっぱりな」

再び開けた視界の先に、日浦《ひうら》はもういなかった。

いや、かなり遠くの方に、ちらっと背中が見えた。

今度こそ帰りやがって。

まあ、もう用はないけどな。

「あー、しょーもな」

わざと声に出してから、俺はすぐそばの改札を抜《ぬ》けた。
そして、たった今電車が去ったばかりのホームで、ベンチに座って空を見た。
心配して損した。
それに——。
「ちょっと寂《さび》しくなったぞ。ちくしょー」
今度の声は、わざとじゃなかった。
とりあえず、俺も彼女にLINEでもしようかね。

第五章　恋の天使と明石伊緒

仕事モード、オン。
変声機オッケー、カメラはオフ。通話品質、良好。
『……もしもし、天使？』
控《ひか》えめな声。音量が落ちる語尾《ごび》が、途切《とぎ》れるように不自然に消える。
たぶん、また設定のせいだろう。
「ノイズキャンセルを切れ。聞き取りにくい」
『あ、ごめん。そうだった』
しばらく「あれー？」とか、「どこだっけ？」とか、そんな頼《たよ》りない声が続く。
そのあいだに、愛用のタンブラーに入れておいたコーラを、ひと口、ふた口。
三口目を飲み込んだところで、やっと「あった！」という声が聞こえた。
設定の変え方、いつまで経《た》っても覚えないな。
『えっと……久しぶり』
「そうだな」
たぶん、もう一ヶ月は話してない。

たしか前回は、長い愚痴《ぐち》に寝《ね》るまで付き合わされたんだったか。
『元気？　また忙《いそが》しくしてんの？』
「私はいつも通りだ」
『あはは。つまり、忙《いそが》しいんだ』
軽く笑ったあとで、向こうもなにかを飲む気配がした。
もちろん、忙《いそが》しい。だが今年に入ってからは、やっぱり特殊《とくしゅ》だ。
ずっと恋愛《れんあい》相談に奔走《ほんそう》してた去年とは、少し性質が違《ちが》う。
湊《みなと》に正体がバレて、惚《ほ》れ癖《ぐせ》を直せと言われて。
御影《みかげ》に騙《だま》されて、無理やりあいつの事情に立ち入って。
瀬名《せな》と喧嘩《けんか》して、花火のあとで一緒《いっしょ》に泣いて。
そして、今度は……。
「お前こそどうなんだ。なぜ、今まで連絡《れんらく》しなかった」
しかも、こっちからの通話の誘《さそ》いにも応じずに。
おかげで、ずいぶん不便だったんだぞ。
『ごめんって。ただ、ちょっと、リフレッシュしたくてさ』
「リフレッシュ、ね。それならそうと、はっきり言え。心配したぞ」
それに、ちょっと焦《あせ》った。

もしかしたら、もう諦《あきら》めたのかと思ったから。

『うん、わかった。次からそうします』

「……頼《たの》むぞ」

『はい。あはは、相変わらず世話焼き。お母さんみたい』

また、愉快《ゆかい》そうに笑う。

『それで、どうしたの？　今日は近況確認《きんきようかくにん》だけ？』

「ああ。だがその近況確認《きんきようかくにん》が、今は重要だ。違《ちが》うか？」

問《と》い詰《つ》めるように、そう尋《たず》ねた。

しばらく返事はなく、ただ、重い息を吐《は》く音が一度だけ、聞こえてきた。

スマホを見ると、湊《みなと》からＬＩＮＥが来ていた。『明日、行くの？』。

「日浦亜貴《ひうらあき》と、喧嘩《けんか》したそうだな」

埒《らち》が明かないので、俺の方から切り出した。

天使と明石伊緒《あかしいお》では、持っている情報に差がある。

それを間違《まちが》えないように、慎重《しんちよう》に。

「なにがあった？」

『……知ってたんだ。まさか、もう広まってるの？』

「情報網《もう》があるんでな。それに、日浦《ひうら》はプラスフォーだ。注目度も高い」

『……ふぅん。まあ、そっか』

少し、投げやりな声。

悪いが、嘘《うそ》だ。ただ、直接本人から聞いただけだよ。

「練習試合に、お前が負けた。それが原因だという話だったが、本当なのか」

『まあね。ダサいでしょ。ちょっとイライラしててさ』

「ダサいとは思わない。ただ、普通《ふつう》ならそんなことで、手が出るようなことにはならない」

『……そうだね』

セリフに、自虐《じぎゃく》的な響《ひび》きが混ざる。

実際、俺にはもうわかっている。今回の喧嘩《けんか》の理由が、試合の勝ち負け以外のところにあるということが。

だがこの調子じゃ、こいつも自分から話すつもりはないんだろうな。

「双葉《ふたば》」

やっぱり、問いただすしかない。

ダメ元でも、やってみないとなにも始まらない。

幸い、今日の俺は明石伊緒《あかしいお》じゃなく、久世高《くぜこう》の天使だ。

「バカにすんな、というのは、どういう意味だ」

『っ……！』

「なぜ、お前の口からそんな言葉が出る？　喧嘩《けんか》になった原因は、そこにあるんじゃないのか」

『あんた……なんでそんなことまで知ってるの』

「お前のセリフは、周りの部員や顧問《こもん》が聞いている。調べればわかることだ」

『……』

また、しばらくの沈黙《ちんもく》。

怒鳴《どな》られるかもしれない、と思った。なにせ俺には、もうその経験がある。

それでも、やっぱり聞いておかなきゃならない。

この出来事を、日浦《ひうら》がどう見ているのか。まだ疑問は残っていても、それは大体わかった。

だが、双葉《ふたば》は。

こいつの方では、この喧嘩《けんか》をいったい、どう解釈《かいしやく》しているのか。それが知りたい。

そして、日浦《ひうら》がなぜ、俺に隠《かく》し事《ごと》をしていたのか。それだって、わかるかもしれない。

『ごめん。その話、したくない』

「……なぜだ」

お前も、言わないのか。

『理由も含《ふく》めて、聞かないでほしい。ホントに、ごめん』

「……だが今、お前たちの仲はかなり、こじれている。この一件と、部内のわだかまり。それらを解消しなければ、前に進むことはできない。お前だって、それはわかっているだろう」

今のテニス部は……それに、双葉《ふたば》と日浦《ひうら》の関係は。

お世辞にも、良好だとはいえない。今のままじゃ、はっきりいって恋愛《れんあい》どころじゃない。

そうでなくても、みんな精神的にきついはずだ。

『天使には感謝してるよ。こんな私の話、聞いてくれて……悩《なや》みにも、真剣《しんけん》に付き合ってくれて。ホントにびっくりするくらい、救われてる。会えてよかったって、思ってるよ』

「……」

『だけどさ……大事なのは、恋愛《れんあい》感情だけじゃないじゃん。あんたにとってはそれが、一番大切なのかもしれない。恋《こい》の天使だもんね。でも、あたしはそうじゃない。恋《こい》と同じくらい、部活も大切なんだ。だから……ごめん。今回はほっといて』

淡々《たんたん》と、けれど感情の滲《にじ》むような声で、双葉《ふたば》は言った。

わかってる。

俺だって、同じように思ってるんだ。

だからこそ、お前たちにはちゃんと、うまくやってほしいんだよ。

俺にはお前の恋《こい》も……日浦《ひうら》のことも、どっちも大事なんだよ。

「私は……たしかに恋愛《れんあい》相談専門だ。だが天使である前に、普通《ふつう》の人間だ。恋《こい》のことしか考えないわけじゃない。お前たちが苦しんでるなら……軋轢《あつれき》は、取り除くべきじゃないのか」

『……ごめん、ホントに、もう終わり。あんたとまで喧嘩《けんか》したくない。わかってよ、お願いだからさ』

そこまで言い終えて、双葉《ふたば》は一方的に通話を切った。

プツンという電子音のあとで、俺だけになったアイコンが、画面に虚《むな》しく表示される。

『またね』という短いチャットが、最後に送られてきた。

「……結局、また成果なし、か」

ドッと身体《からだ》が重くなって、俺は意味もなく、マウスカーソルをグルグルと動かした。

それから、残っていたコーラを一気に飲んで、炭酸の痛みと冷たさに耐《た》えた。

うまくいかないのには、慣れている。

だが何度味わっても、この不甲斐《ふがい》なさと焦《あせ》りは、なかなか平気になれないな……。

『大丈夫《だいじょうぶ》?』

ちょっとぶりにスマホを見ると、また湊《みなと》からだった。

そういえば、さっき既読《きどく》つけたのに、返信できてなかったのか。

『行くよ』

気力もあまりなかったので、それだけ答えた。

湊《みなと》には悪いが、ちょっと今日はもう、ギブアップだ。

『向こうの駅に、十時で頼《たの》む』

手と頭を無理やり動かして、なんとかもう一通。

それを送ったあと、俺はベッドに倒《たお》れ込んで、気絶するように眠《ねむ》った。

夜中に目が覚めて、タンブラーだけ流しに置いて、また横になった。

はっきりいって、最悪な眠《ねむ》りだった。

◆◆◆

次の日は、目覚めもよくなかった。

重い身体《からだ》をなんとか持ち上げて、メシも食わずに支度《したく》する。

カバンを持って部屋から出ると、そこで梨玖《りく》に出くわした。

「……髪《かみ》、跳《は》ねてる」

「え、ああ、ホントだ」

気づかなかった。

ただ、直すのも面倒《めんどう》だな……。

「今日はなに？　もう出るの」

「ああ。湊《みなと》と、日浦《ひうら》の大会の応援《おうえん》」

というより、見守りにいく意味合いの方が強いけども。

「えっ、柚月《ゆづき》さん⁉」

「お前は相変わらず、声がデカいな」

朝に聞くのは厳しいぞ。今日なんかは、特に。

「ふたり……？」

「おう。残念だが、お前は連れていけないんだ」

「行かないし。っていうか、絶対直していってね、髪《かみ》！」

怒鳴《どな》るように言って、梨玖《りく》はバタンと自室のドアを閉めた。

やっぱり、直さなきゃダメか……。まあ、さすがにな。

そして、ドアは優《やさ》しく扱《あつか》いなさい。

「あ、そうだ。梨玖《りく》」

「……なに」

部屋の中から、くぐもった声が返ってくる。

ひとつ、聞きそびれていたことがあった。

「サメのクリップ、使ってるか？」

「……使ってる。かわいい」

「そうか、あいつも本望《ほんもう》だろうて」

順調に増えてるなあ、梨玖《りく》のサメグッズ。

家を出て、びわ湖浜大津《はまおおつ》駅《えき》から京阪《けいはん》電車に乗る。

久世《くぜ》高《こう》に向かうときとは逆方向にふた駅行くと、待ち合わせ場所に着いた。

大津《おおつ》市役所前駅。その名の通り、目の前には市役所がドンと聳《そび》えている。

正直、歩いても来《こ》れる距離《きょり》だ。が、今日はちょっと、元気がなかった。

「伊緒《いお》」

一本あとの電車が駅を出ると、改札から待ち合わせ相手が現れた。

「ごめん、待たせて」

「……いや、待ってない」

返事をしようとして、一瞬《いっしゅん》言葉に詰《つ》まった。

湊《みなと》は薄《うす》い青が上品に映《は》えた、ワンピース姿だった。

襟《えり》と袖口《そでぐち》が白くなっている、いわゆるクレリックデザイン。裾《すそ》の下から覗《のぞ》く足は雪のように透き通り、ベージュの落ち着いたサンダルに、赤いネックレスがアクセントになって眩《まぶ》しい。

シンプルだが、かわいらしさと知的な印象を兼《か》ね備《そな》えて、ひたすらよく似合っていた。

しかし、今までの湊《みなと》とは、少し違《ちが》う雰囲気《ふんいき》だ。

もっと落ち着いた、大人っぽい服装が多かったのに。

「な……なに？」

「いや……べつに」

急に服の話を出すのは、さすがに憚《はばか》られた。

湊《みなと》は御影《みかげ》みたいに、自分から聞いてきたりはしないだろうし。

「……もしかして、変？」

「えっ……」

これは、意外な展開だ……。

「う、ううん。その、ごめんっ。ただ、詩帆《しほ》が選んでくれた服で……普段《ふだん》あんまり着ないから、ちょっと、気になって……」

不安げに言いながら、湊《みなと》はキョロキョロと視線をさまよわせていた。

身体《からだ》を隠《かく》すように腕《うで》を交差するせいで、なんだかおかしなポーズになっている。

なるほど、そういう事情だったのか。藤宮《ふじみや》チョイス……正直、センスあるな、あいつ。

しかし、これはなんというか、申し訳ないな……。

きっかけを作った俺にも、責任の一端《いったん》はあるわけだし。

思えば御影《みかげ》と京都《きょうと》へ行ったときも、こんな感じだった。三大美女と待ち合わせると、こうなるのがお約束なのだろうか。

まあ、そんな機会は普通《ふつう》、何度もないんだろうけれど。

「……似合うよ。だから、普通《ふつう》にしてな」

「えっ！　……う、うん。ありがと……」

コクンと頷《うなず》いて、湊《みなと》は肩《かた》を抱いていた腕《うで》を、身体《からだ》の前に下ろした。

白にキャメルのベルトが目立つカバンを両手で持って、湊《みなと》がはにかむ。

顔が熱いのは、日差しと気温のせいだけじゃないのかもしれなかった。

「……でも、伊緒《いお》ってなんか、言い慣れてる気がする」

「そんなわけないだろ……」

たしかに、こういうことはもう何度かあった。

けど、毎回必死なんだぞ、俺は。

「……悪いな、付き合わせて」

「ううん、いいってば。私も……うん、無関係じゃないし」

「巻き込んだの、俺だけどな」

「拒否《きょひ》しなかったのは私でしょ」

それはまあ、そうかもしれないけどさ。

でも、また面倒《めんどう》かけたからな。

それから、俺たちは市役所内に入っているデイリーヤマザキで、昼食用のサンドイッチとおにぎりを買った。

店を出て、街路樹の並ぶ歩道を北上する。

普段《ふだん》はあまり来ない場所だが、やっぱり滋賀《しが》県。絶妙《ぜつみょう》な郊外《こうがい》感だ。

「テニスコートって、あそこ？」

T字路《じろ》に差《さ》し掛《か》かったところで、湊《みなと》が足を止めた。

地図アプリを見ながら指差す先には、たしかにテニスコートらしきものが見えている。

「違《ちが》うよ。あれはまた別だ」

「そ、そう。多いのね、テニスコート」

「だな。あっちは球場だし、向こうは体育館。さっきの駅の横には、陸上競技場もあるぞ」

「ふぅん。いろいろ集まってるのね」

そういえば、中学の頃《ころ》は運動部が、大会でこの辺りによく来てたらしい。

まあ、俺は生粋《きっすい》の帰宅部だから知らないけれど。

「こっちだ。ここをしばらくまっすぐ」

俺と湊《みなと》はまた並んで、緩《ゆる》やかな坂道を登った。

完全に住宅地だが、方向は合っている。

「……お、いいなそれ」

気がつくと、湊《みなと》は藍色《あいいろ》の日傘《ひがさ》を差していた。

カバンに入れていたのだろうか。どうやら、折《お》り畳《たた》みができるもののようだ。

「日差し、強そうだったから」

「あれだろ、完全遮光《しゃこう》。涼《すず》しいんだってな」

「そうね。持ってきてよかった」

さすが、準備がいい。しかもオシャレだ。上品な感じが、湊《みなと》のイメージにもよく合う。

服装も相まって、なんだかいいところのお嬢様《じょうさま》みたいだな。

「……入る？」

「えっ」

傘《かさ》の下でスッと身体《からだ》を避《よ》けて、湊《みなと》が俺の方を見る。

入る、っていうのは、つまり……。

「相合傘《あいあいがさ》……ですか」

いや、日傘《ひがさ》でも相合傘《あいあいがさ》っていうのか？

そして、なぜいきなり……。

「だって！　……いいなって、言うから。私だけ差してたら、なんか悪いじゃない……」

「い、いや……まあそうか。そうだった」

まさか、そんなに本気にしてくれるとは。

それにしても、なんて答えたもんか……。

「……ま、まあ、あれだな。なんというか……その」

「も、もう！　やっぱりいいっ。忘れて！　バカ！」

「あ、はい……」

おっしゃる通り、バカです。反省します。

それにしても、ワンピースの薄《うす》い青と、赤くなった頬《ほお》の対比が、なんとも……。

いや、ますますバカか、俺は。

「あー……そういや、ありがとな。梨玖《りく》の勉強見てくれて」

「え……ううん、いいの。梨玖《りく》さん、頑張《がんば》り屋だし。教え甲斐《がい》あるわ」

「そうか。そりゃよかった」

なにせ、俺以外には人当たりいいからな、あいつは。

みんなにかわいがってもらえよ。

「受かると思うか？」

「ええ。まだ時間もあるし、私がついてるから、きっと大丈夫《だいじょうぶ》」

「さすが学年四位、頼《たの》もしいな」

しかし、湊《みなと》より上にまだ三人もいるなんて、とんでもないところだな、久世高《くぜこう》。

「伊緒《いお》はどうなの？　課題、間に合うの？」

「ふぐっ……急に腹痛が」

「……はあ。ちゃんとやらせてって、梨玖《りく》さんに言っとかなきゃ」

「ちょっ！　それは勘弁《かんべん》……」

あいつに家で監視《かんし》なんてされた日には、いよいよ俺の安寧《あんねい》の地がなくなってしまう。

ただ、課題がヤバいのは紛《まぎ》れもない事実だ。

今回の日浦《ひうら》の一件もあって、計画も狂《くる》いまくってるし。

どこかで追い込まないとな……。

「でも、やる気出ないんだよなぁ……いつまで経《た》っても」

「そんなこと言ってたら、終わるわよ、夏休み」

「あーあー、聞きたくない聞きたくない」

現実を見せないでくれ！

え……あと何日だ？　もしかして、十日切ってる？

あれ、マジでヤバいんじゃね？

「……よし、一旦《いったん》忘れよう」

「現実逃避《とうひ》ね」

「違《ちが》う。今日はやることがあるから、無駄《むだ》なことは考えない。リソースの最適化だ」

「……もう好きにしたら」

「ううっ……」

その対応は、それはそれで悲しいもんだな……。

「双葉《ふたば》は、天使の相談者なんだよ」

登り坂をゆっくり進みながら、俺はずっと隠《かく》していたことを、湊《みなと》に話した。

これだけ付き合ってもらってるからには、言っておくのが筋だろう。

「双葉《ふたば》さんが、天使の……」

「五月……ちょうど、湊《みなと》の惚《ほ》れ癖《ぐせ》を直そうとしてた頃《ころ》だな。俺から接触《せっしょく》して、相談を受けるようになった」

「そんなときから……。伊緒《いお》って、普段《ふだん》どれくらいの相談、掛《か》け持《も》ちしてるの？」

「秘密だ。でも、思ってるより多いだろうな。特に、夏休みは書き入れどきだし」

「……やっぱりあなた……ううん、なんでもない」

湊《みなと》は呆《あき》れたように、かすかに首を振《ふ》った。

相談に乗らせてくれる相手が多いってのは、ありがたいことなんだよ。

俺だってできるだけ、いろんなやつを助けてやりたいからな。

「双葉《ふたば》さんの……好きな人って？」

控《ひか》えめに言って、湊《みなと》が横目で俺を見た。

その顔……たぶん、察しがついてるんだろうな。

「ああ、日浦《ひうら》だよ」

「……そう」

「知ったのは偶然《ぐうぜん》だけどな。クラス分けで昇降口《しょうこうぐち》が混んでたときに、手が当たったんだ」

双葉美沙《ふたばみさ》の恋《こい》は、難しかった。

あいつ自身も悩《なや》んでたし、だからこそ俺の出番だった。

もちろん、変だなんていうふうにはまったく思わない。

恋心《こいごころ》はコントロールできない。そのことを、俺は誰《だれ》よりもよく知っているつもりだ。

ただ――。

「壁《かべ》が多いってのは事実だ。性別のことだけじゃなく、な。そのへんは、本人も自覚してる」

「それって……テニス部のこと？」

「そうだな。部内での日浦《ひうら》の立ち位置とか、それに……今回の喧嘩《けんか》とかな」

日浦《ひうら》が双葉《ふたば》と揉《も》めたって聞いたときは、それはもう驚《おどろ》いた。

なにせ、事情が事情だ。ただでさえ前途《ぜんと》多難だったのに、余計に複雑になってしまった。

「もともと双葉《ふたば》の相談は、ゆっくり進めるつもりだったんだ。あいつは警戒《けいかい》心が強かったから、しばらくは具体的な行動より、信頼《しんらい》関係の構築に注力してた。話聞いたり、こっちもいろいろ話したり、な」

――恋愛《れんあい》に性別とか、関係ないんだよね。私、初恋《はつこい》は男の子だし。

――押し付ける気はないよ。みんな好きにすればいいと思う。だから、私も好きにする。

――えっ、天使も好きな人いるの！　そっかぁ、いいね。でも私の相談乗ってる場合？

「けど……ちょっとのんびりやりすぎたのかもな。今回の一件で、状況《じょうきょう》はむしろ悪化した。なんとかしなきゃマズいと思って、ここ最近はずっと、取《と》っ掛《か》かりを探してたんだよ」

「……だからテニス部の練習、見にいってたのね」

「おう。それに、双葉《ふたば》に直接会いにいったりもした。あいつにはちょっと前から、ずっと通話も断られてたからな」

できれば、天使として話したかった。それなら、あいつも多少は耳を貸してくれるはずだ。けどそれが無理なら、明石伊緒《あかしいお》として行くしかない。

まあ、完全に失敗したけどな。

「早い話、他に打つ手がなかったんだよ。お前に協力を頼《たの》んだのも、それが理由だ」

「そういうこと……ね」

あの日——学校で湊《みなと》に去年の話をした、そのあと。

俺は湊《みなと》に、ある頼《たの》みごとをした。事情も、目的も伏《ふ》せて。

勝手だって自覚は、もちろんあった。

それでも、湊《みなと》はなにも聞かず、黙《だま》って引き受けてくれた。本当に、感謝しかない。

「正直、ちょっと疲《つか》れたわ。スパイみたいで」

「悪かったよ。でも、おかげでテニス部の活動を把握《はあく》できた。日浦《ひうら》はたぶん、俺が聞いても答えないだろうからな」

言いながら、俺は湊《みなと》とのLINEのトーク履歴《りれき》を見返した。

『今日は午後から、夕方までだって』

『合同練習、いつもと違《ちが》うコートでやるみたい』

『週末に大会。日浦《ひうら》さんも行くって言ってたわ』

そのあとには、俺が送ったミスドの五百円チケット。お礼、というかお詫《わ》びだ。

ホント、湊《みなと》にはいやな役目を負ってもらったからな……。

「うまくできた自信、ないわよ。聞き出そうとして不自然になったりもしたから、日浦《ひうら》さん気づいてたかも」

「だろうな。前にプルーフで話したときも、俺が予定を把握《はあく》してたこと、怪《あや》しんでたし」

まあ、バレるのは仕方ない。

出《だ》し抜《ぬ》くには相手が悪すぎる。

「ありがとな湊《みなと》。ひとまず、もう今日まででいいよ。手間かけた」

「そう……わかった」

さすがに限界だろうしな。

それに、湊《みなと》と日浦《ひうら》の仲がこじれでもしたら最悪だ。

「……練習を見にいってたのも、それに、今日も。全部、双葉《ふたば》さんのため？」

湊《みなと》が言った。

道はどんどん細くなって、坂の傾斜《けいしゃ》も急になっていた。

遠くから、かすかに歓声《かんせい》が聞こえてくるような気がした。

「いや、違《ちが》うよ」

「……」

「久世高《くぜこう》の天使にとっての双葉《ふたば》。明石伊緒《あかしいお》にとっての日浦《ひうら》。どっちも大切だから、両方助けたかった。そのためならなんでもするよ、俺は」

「……そう。そっか」

「まあ、全然うまくいってないけどな。今日だって、なにか具体的な当てがあるわけじゃない。でも、ほっとけなかったんだ」

大会で、なにかいいことが起こるのか、その逆か。それとも、なにも起こらないか。

どうなるか、まったくわからない。

けど、家でじっとしてるなんて無理だ。なにか起こるなら、俺はあいつらのそばにいたい。

そばにいて、行き当たりばったりでも、なんとか助けてやりたい。

バカな俺には、きっとそれしかできないから。

「伊緒《いお》らしいわね」

「かもな。この、頼《たよ》りない感じがさ」

「……ううん。そんなことない」

森の中に入っていくような道を、ゆっくり進む。

視界が緑に包まれて、少しだけ涼《すず》しくなる。

歓声《かんせい》はもう、すぐそばから聞こえていた。

「伊緒《いお》のそういうところに、私は……ううん。みんな、救われてると思う」

「……ありがとよ」


大会用のテニスコート八面は、木々とフェンスに囲まれていた。

多くの学校のテニス部員があちこちで集まり、それぞれの試合を見守っている。

前に日浦《ひうら》と行ったコートとは違《ちが》い、今日は人工芝《じんこうしば》だった。たしかオムニコートというらしい。

「お、いたぞ」

我らが久世高《くぜこう》女子テニス部は、一番入り口に近いところで試合をしていた。

二面のうちの片方がダブルスで、もう片方はシングルスだった。

「日浦《ひうら》さんは？」

「出てないな。まあ、やるならシングルスだろうけど」

温存か、はたまた別の理由か。

見ると、日浦《ひうら》は段になった応援《おうえん》席に座っていた。膝《ひざ》で頬杖《ほおづえ》こそ突《つ》いてはいるが、試合を眺《なが》める様子は思いのほか真剣《しんけん》だった。

中に入るのは気が引けたので、俺と湊《みなと》は応援席《おうえんせき》の後ろの芝生《しばふ》に陣取《じんど》った。他にも何人か、応《おう》援《えん》らしい若者や中年の男女が座っている。

おかげで、目立ちすぎなくて済むな。

「ほら、これ敷《し》きな」

「えっ……ありがと」

驚《おどろ》いたように目を丸くしつつ、湊《みなと》はスッと俺のハンカチを受け取った。そのままふたりで、横並びに腰《こし》を下ろす。

意外と用意はいいんだよ。ストリートビューで下見したが、ベンチとかはあんまりなさそうだったからな。

「今日って、どういう大会なの？」

「さあな。俺も詳《くわ》しくはない。ただ、けっこうラフというか、自由な感じっぽいな。重要な大会に向けて、実戦《じっせん》に近い力試《ちからだめ》し、みたいな」

「ふぅん……。運動部の大会とか、全然知らないわ」

「俺もだよ。帰宅部の弱みだな」

部活に燃えるやつらのことが、若干羨《じゃっかんうらや》ましくもなくはない。

ただ、どう考えても時間がないからな、俺には。

「そういや、湊《みなと》はスポーツとかしないんだな。運動神経いいのに」

前に体育のバドミントンで、無双《むそう》してた覚えがある。

「そこまで、好きなわけじゃないから。身体《からだ》動かすのも、人と競《きそ》うのも」

「そうなのか。似合いそうだけどな」

バスケでドリブルする湊《みなと》も、ハードルを跳《と》び越《こ》える湊《みなと》も。それこそ、テニスでサーブを打つ湊《みなと》も。全部、想像しやすい。なにやらせても、かなり上手そうだ。

「ずっと……自分のことだけで精一杯《せいいっぱい》だったのよ。スポーツとか、ううん、それ以外でも、打ち込む余裕《よゆう》なんてなかった」

「……そうか。まあ、そうだよな」

なにせ、昔から自分の惚《ほ》れ癖《ぐせ》と戦ってたんだ。

湊《みなと》の言う通り、それどころじゃなかったんだろう。

「今は……もう落ち着いたか？」

「うん。……大学に進んだら、やってみてもいいかも。サークルとか」

「おお、いいんじゃないか。選択肢《せんたくし》も多そうだし」

「……でも、ちょっと不思議よね」

湊《みなと》が、遠くを見るような目で言った。

「世界には、いろいろあるでしょ？　スポーツだけじゃなくて、趣味《しゅみ》とか、創作とか。学校の部活で選べるもの以外にも、本当にいろいろ」

「……そうだな」

世界、という言葉の突飛《とっぴ》さに少し頬《ほお》が緩《ゆる》みながらも、考えた。

たしかに、俺たちが知ってることなんて、この世にあるもののごく一部だ。

部活やサークルは、その中のメジャーなものをいくつか、並べているにすぎない。

「心の底からやりたいものが……熱中できるものが、自分が今知ってるものの中にある。本当は、そんな人ばっかりじゃないんじゃないかなって、ちょっと思う。もちろん、部活やってる人のことは、すごいと思うけど」

「いや、わかるよ。だからこそ、いろいろやってみるのが大事なのかもな。もしかしたら、予想もしてなかったものに、どハマりするかもしれないし」

キリがないといえば、キリがない。時間だって、限られている。

でも、後悔《こうかい》はしたくない。視野を広く持つのに、越《こ》したことはないんじゃないだろうか。

……まあ、恋愛相談《れんあい》ばっかりやってる俺には、耳が痛い話だけどさ。

「そういや、御影《みかげ》もそのうちバイトしたいって言ってたよ。なんか楽しみだな」

湊《みなと》も御影《みかげ》も、事情は全然違《ちが》うが、状況《じょうきょう》は似ている。

悩《なや》みが軽くなって、なにか新しいことを始められれば、それはきっといいことだろう。

「……御影《みかげ》さんと話したのね」

「えっ……ああ、ちょっとな」

なんて答えつつ、俺はなぜか、妙《みよう》な焦《あせ》りを感じていた。

湊《みなと》の声音《こわね》が、どこか冷たく聞こえたからかもしれない。

後ろめたいことはなにもない……はずなのだが。

「……花火の日？」

「あー、いや違《ちが》う。けどまあ、軽くな、軽く」

おいおい、なんでこんな、しどろもどろになってるんだよ……。

しかも、ちょっと睨《にら》まれてる気もするし……。

御影《みかげ》と水族館に行ったのは、べつに秘密にするようなことでもない、と思う。

が、なんとなく、言わない方がいいような気がした。うん、黙《だま》っとこう、そうしよう。

「……水族館、行ったんでしょ。そのときじゃないの」

「ギクっ……」

と、思わず漫画《まんが》みたいな声が出た。

知ってたのかよ……。

「なによ、ギクって。御影《みかげ》さんが言ってたわ。……どうして隠《かく》すのよ」

「い、いや……その、なんといいますか……」

今度こそ、湊《みなと》は俺を横目で睨《にら》んでいた。

切れ長の目が、普段《ふだん》にも増してジトっと細まっている。

は、迫力《はくりょく》が……。

それにしても御影《みかげ》のやつ、湊《みなと》たちに話してるなら言っとけよ……。

いや、隠《かく》そうとした俺が悪いのか？　そもそも、なんで俺は秘密にしようなんて……。

「……もういいわ。べつに、私には関係ないもの。好きにすれば」

言って、湊《みなと》はすっかり顔を背《そむ》けてしまった。

まるで、浮気《うわき》がバレた彼氏《かれし》みたいだ。いや、その例えもどうなんだ……？

ああ、なんか、めちゃくちゃ大きなミスをした気がする……。

「おい、お前たち」

そのとき、コートの入り口から、張りのある声が飛んできた。

ワインレッドのジャージがよく似合う、テニス部顧問《こもん》、浅見《あさみ》湘子《しょうこ》先生だ。

助かった……ではなく、どうやら見つかったらしい。

コート内の様子を見るに、さっきの試合は久世《くぜ》高《こう》が勝ったようだった。

「なにしてる。七組の柚月《ゆづき》に……明石《あかし》はまたか」

呆《あき》れ気味にこちらへ歩いてくる先生に、俺たちは立ち上がって会釈《えしゃく》をした。

お疲《つか》れ様《さま》です、湘子《しょうこ》ちゃん。

「こんなところにまで現れるとはな……。まさか、また日浦《ひうら》が目当てか」

「はい。親友なので」

「……お前、というか、お前たちは相変わらずだな。まあ、恥《は》ずかしげもなくそう言えるのはいいことだ。で、柚月《ゆづき》は……」

言って、浅見《あさみ》先生は俺と湊《みなと》を何度か見比べた。

顎《あご》に手を当てて、少し離《はな》れたり、近づいたりしている。

もしかしてこの人、妙《みょう》な勘違《かんちが》いをしてるんじゃないだろうか。

「そもそも、お前たちは仲がよかったか？　あまり、一緒《いっしょ》にいるところを見た覚えはないが」

「夏休み中のセミナーで、ちょっと喋《しゃべ》るようになったんです。帰宅部繋《つな》がりで」

と、俺は用意していた答えを返した。こういう場面は、当然想定済みだ。

こんなこともあろうかと、既成《きせい》事実を作っておいてよかった。

「帰宅部繋《つな》がり……って、それは繋《つな》がってるのか？　いや、まあいい。しかし、わざわざ付《つ》き添《そ》いか。それとも、柚月《ゆづき》も日浦《ひうら》と――」

「友達です」

湊《みなと》が、先生の言葉に続けるように言った。

なんの迷いもためらいもない、はっきりした声だった。

「私も、日浦《ひうら》さんが心配で来ました。それに、あの人には助けてもらったので」

「……そうか。ならゆっくりしていけ。悪いな」

浅見《あさみ》先生が、薄《うす》く笑う。

ほんの少しだけ頼《たよ》りないその笑《え》みが、この人の心境を表しているようだった。

優《やさ》しい人だな、と思う。

そして、だからこそ申し訳なさはあった。が、俺にも大事なものがあるのだ。

「どうして、日浦《ひうら》は出てないんですか」

俺が言うと、浅見《あさみ》先生はかすかに顔をしかめた。

それからふっと息を吐《は》いて、ちらりとコートにいる久世高《くぜこう》テニス部を見た。

「素人《しろうと》の部外者が口を出すのは、よくないってわかってます。戦略的な意図があるなら、なおさら。けどそうじゃないなら、理由が知りたいです」

この団体戦は、三試合中二試合取った方が勝ち。一勝の価値がかなり大きい。単に実力でいえば、日浦《ひうら》を出さない手はないはずだ。

だが見たところ、日浦《ひうら》はコートに立っていない。

出すぎた真似《まね》かもしれないが、意図は聞いておきたい。

「……また揉《も》めるのは避《さ》けたい。双葉《ふたば》と日浦《ひうら》の衝突《しょうとつ》のほとぼりが、まだ冷めていないからな」

浅見《あさみ》先生が、言い聞かせるように答えた。

だが、目が合わない。

どう考えたって、この人らしくない。

「じゃあ、どうして出ないのが日浦《ひうら》なんですか」

「……」

浅見《あさみ》先生。

あなたは、その言い分が正しいと、それで俺が納得《なっとく》すると、本当に思ってるんですか。

「双葉《ふたば》を出して、日浦《ひうら》を出さないのはなぜですか」

「……明石《あかし》」

「伊緒《いお》っ。ちょっと、落ち着いて」

ぽんっと、湊《みなと》が俺の背中を叩《たた》いた。

頭に上っていた血が、ゆっくり引いていく。

俺は一度目を閉じて、深く深く息をした。

「……すみません。失礼でした。それに、冷静じゃなかった」

「いや……構わない。返答に窮《きゅう》した時点で、悪いのは私だ」

浅見《あさみ》先生が、弱々しく首を振《ふ》る。

そのまま、俺たちのいた場所にすとんと座り込んだ。

「やっぱり……だめだな、私は。自分では、もう少しうまくやれると思っていたのに」

木々をさらさらと揺《ゆ》らす風が、浅見《あさみ》先生の髪《かみ》を撫《な》でていく。

俺と湊《みなと》は顔を見合わせてから、先生にならうようにまた腰《こし》を下ろした。

「結局私は、日浦《ひうら》の……あの子の強さに、甘えているのかもな」

不安げな横顔だった。

いつも、あんなに堂々としてるのに。生徒たちの姉御《あねご》役で、人気者なのに。

けれど、当然なのかもしれない。この人だって、ただのひとりの人間だ。

なんでもかんでも、簡単に解決できるわけじゃない。

俺や日浦《ひうら》、そして、双葉《ふたば》がそうであるように。

「それにしても……やっぱりお前は、あいつに似てるな」

まるで独り言みたいに、浅見《あさみ》先生が言った。

あいつというのは、有希人《ゆきと》のことだろう。

全然似てない。そう思ったけれど、どういうわけか、言い返すのがためらわれた。

ふとコートの方を見ると、久世《くぜ》高《こう》テニス部たちは客席で談笑《だんしょう》しながら昼食を摂《と》っていた。

が、日浦《ひうら》はひとりで輪から外れて、ゼリー飲料を飲んでいる。大食いのあいつには珍《めずら》しい。

俺がいることに気づいたら、あいつはまた、いやな顔をするだろうか。

それでもいいから、買ってきたおにぎりでも、差し入れしてやっちゃだめだろうか。

怒《おこ》るかな……あいつ。

「次の試合、どうするんですか」

「……日浦《ひうら》には、また休んでもらうつもりだよ。あいつなしじゃ厳しい相手だが、今は勝つことよりも、大事なことがあるからな」

少しずつ決意を固めていくような口調で、浅見《あさみ》先生が言った。

勝つことよりも大事なこと。

たしかに、そうだろう。先生の言う通りだ。

だが……それは必ずしも、日浦《ひうら》を出さないことと一致《いっち》するのだろうか。

俺に怒鳴《どな》った双葉《ふたば》の声が、脳裏《のうり》に響《ひび》く。

日浦《ひうら》や双葉《ふたば》は……他の連中は、どう思っているのか。

本当に、このままでいいのか。

「……」

俺は——やっぱり生意気なのかもしれない。

なあ、有希人《ゆきと》。

「先生」

「……ん」

「ひとつ、お願いがあるんですが」


この男の子は、また難しいことに巻き込まれている。

正直、そう思わずにはいられなかった。

……ううん。巻き込まれてるんじゃなく、自分から踏《ふ》み込んでる。

でも、この人は前からそうだ。私のときも、御影《みかげ》さんのときも。瀬名《せな》さんのときだって。

自分のことじゃないのに、いつも必死で。

「さっきは、ありがとな」

隣《となり》に座っていた伊緒《いお》が、出《だ》し抜《ぬ》けにそう言った。

さっきというのは、たぶん、あれのこと。

「ううん。でも心配したわ。相手、浅見《あさみ》先生なのに」

「だよな……。湊《みなと》が止めてくれなきゃ、もっと失礼なこと言ってたかも」

苦笑いして、伊緒《いお》は持っていたおにぎりをかじった。

ひと口が小さい。もしかすると、緊張《きんちょう》しているのかもしれない。

テニス部内の複雑な状況《じょうきょう》については、私もちょっと前に、伊緒《いお》から聞いていた。

去年の、日浦《ひうら》さんと上級生の衝突《しょうとつ》。それからずっと続く、日浦《ひうら》さんの孤立《こりつ》。浅見《あさみ》先生いわく、『あとを引いている』という現状。

そこに加えて、さっきの話。双葉《ふたば》さんが、天使の相談者だということ。

つまり、テニス部全体の問題と、日浦《ひうら》さんと双葉《ふたば》さんの、ふたりの問題。このふたつが今、解決しなきゃいけないもので——。

……うん、やっぱり複雑。

こんなの、伊緒《いお》だけでどうにかできる問題なの？

浅見《あさみ》先生だって、ずっと手を打てないでいるのに。

……でも、きっと伊緒《いお》は、そのつもりでいるんだと思う。

でなきゃ、日浦《ひうら》さんの部活の予定を探《さぐ》ってほしいなんて、私に頼《たの》んできたりはしないもの。

もちろん、最初は断ろうと思った。友達をスパイするなんて、どう考えても気が引ける。

だけど、伊緒《いお》があまりにも真剣《しんけん》だったから、結局引き受けてしまった。

伊緒《いお》はときどき無茶をするけれど、根本的にはけっこうまともだ。

それに……うん、すごく優《やさ》しい。

そんな彼が言うんだから、きっと必要なことなんだろう、そう思った。

結果として、後悔《こうかい》はしていない。

日浦《ひうら》さんには悪かったと思うけれど、やっぱり今は、あの人には味方がいた方がいい。

私にはそれができないから、せめて、伊緒《いお》が彼女を支える手助けくらいはしてあげたい。

なんだか言い訳っぽくなってしまったけれど、これが私の、素直《すなお》な気持ちだ。

「……はあ」

頭に日よけのタオルを載《の》せた伊緒《いお》が、重いため息をついた。

眉根《まゆね》を寄せて、客席の方にいる日浦《ひうら》さんの背中を、じっと見つめている。

心配、してるんだと思う。私だってそうだ。

普段《ふだん》あんなに気ままで、のびのびしてるのに。今日はなんだか、元気がない。

あんな日浦《ひうら》さんは、今まで見たことないと思う。

……でも、元気がないのは、この人も同じ。

「ん……」

気がつけば、私は伊緒《いお》の背中に手を置いて、ゆっくり撫《な》でてしまっていた。

自分でやっておいて、恥《は》ずかしさで顔が熱くなる。

でも、伊緒《いお》の背中だって熱かった。

「……今日は、よく背中を触《さわ》られる日だな」

「い、いいでしょ、べつに。……私は、顔触《さわ》られてたんだから」

「いいけどさ……なんか、子どもみたい」

「でも……今あなた、ホントに子どもみたいだよ。不安そうで、歯痒《はがゆ》い感じ」

「……だな。たしかに」

そのまま、私はしばらくそうしていた。

伊緒《いお》も、いやがったりしなかった。

誰《だれ》かに見られたかもしれない。けれど今は、伊緒《いお》の気持ちを少しでも、楽にしてあげたかった。

自分とは別の女の子のために、伊緒《いお》が必死になっている。

そんな状況《じょうきょう》に嫉妬《しっと》する資格なんて、私にはない。

だって私の番は、もう終わったから。

ちゃんと、助けてもらったから。

――きみが、彩羽《あやは》さんのことを忘れさせてやればいい。

明石《あかし》さんに言われたことを、思い出す。

これから自分がどうしたいのか……どう思っているのか。

まだ、はっきりしたことはいえない。

でももし、私が彼の特別になりたいのなら。

そのためには、今日みたいな場面でも、ヤキモチばかり妬《や》いてはいられない。

あのとき、花火のあとで、私が彼に言った言葉は。

『ずっと見てる』というのは、なにも、伊緒《いお》の忘れられない恋《こい》についてだけの話じゃないから。

彼がやりたいことと、やることを、そばで支えたいという意味だから。

「伊緒《いお》」

「……ん？」

「大丈夫《だいじょうぶ》よ。今日は、私もいるから」

まだ、目を見ては言えないけれど。

でも、ちゃんと声をかけてあげたい。助けてあげたい。

「……ありがとよ。頼《たよ》りにしてる」

それが今、私のやりたいことだ。


「二回戦、久世山《くぜやま》高校対篠牧《しのまき》高校の試合を始めます。両チーム、礼」

号令と同時に、主審《しゅしん》がピシッと手を上げる。

私と伊緒《いお》はコートが見やすいように、とうとうフェンス内の応援《おうえん》席に移動した。

不機嫌《ふきげん》そうな日浦《ひうら》さんが、周りに合わせてぶっきらぼうなお辞儀《じぎ》をする。

その様子を、伊緒《いお》はそわそわしながら見つめていた。

「シングルスワン、双葉《ふたば》」

浅見《あさみ》先生と相手の顧問《こもん》の口から、オーダーが順に読み上げられる。

そのときが近づくにつれ、伊緒《いお》は……いや、私も、どんどん緊張《きんちょう》を増していった。

「シングルスツー」

浅見《あさみ》先生が、ちらりとこちらを見た気がした。

どうなるか、わからない。

先生の言う通り、よくないことが起こるかもしれない。

でも、これが伊緒《いお》の選択《せんたく》なら、私は一緒《いっしょ》に、見届けてあげたい。

あとは、そう、単純に。

「日浦《ひうら》」

せっかくなら、友達の試合だって見たいもん。

――・第六章・――　日浦亜貴には必要ない

観客席は、すでに敗退したらしい学校の部員たちで賑《にぎ》わっていた。

そして連中の多くが、ひとつの試合に釘付《くぎづ》けになっているのがわかる。

当然だが、かくいう俺たちもそうだった。

「5－1、日浦《ひうら》」

日浦《ひうら》の打った逆クロスが、相手のいないところを切《き》り裂《さ》くように通過する。

それと同時に、主審《しゅしん》のコールが静かに響《ひび》いた。

客席から、幾度目《いくどめ》かの歓声《かんせい》がワッと上がる。

久世高《くぜこう》は双葉《ふたば》がシングルスを勝ち、ダブルスが負けて一勝一敗だった。

日浦《ひうら》の試合に、命運が託《たく》されている。本来なら、緊張《きんちょう》の一戦だ。

が……端的《たんてき》にいえば、日浦《ひうら》はやっぱり、圧倒的《あっとうてき》だった。

「日浦《ひうら》さん、ホントにすごいわね……。なんか、テレビとか見てるみたい」

「だろ？　素人《しろうと》にもわかる上手さだ。まあ、スコアが物語ってるけどな」

湊《みなと》は感心した様子で、コートを食い入るように見ていた。

まあ、そうなるのも無理はない。

なにせ俺も、初めて見たときは同じようなもんだったし。

「15－0」

日浦《ひうら》のサーブを返した相手の球が、パサリと虚《むな》しくネットにかかる。

単純なミスじゃなく、明らかにコースと球威《きゅうい》に負けた失点だった。

あと三ポイントで、日浦《ひうら》の勝ち。そのうえテニスはサーブ側が有利なので、ここから逆転される確率はかなり低いだろう。

「あの人ヤバぁ……」

「おかしくない？　レベル違《ちが》うんだけど」

「やっぱ久世高《くぜこう》の日浦《ひうら》は無理だね……。一敗前提で考えないと」

客席のあちこちから、口々にそんな声が上がっている。

案の定他校からも、日浦《ひうら》は一目、というか、三目くらい置かれているらしい。

ただ……。

「30－0」

肝心《かんじん》の久世高《くぜこう》ベンチは、周囲に比べてずいぶんおとなしかった。

プレイ中ならともかく、日浦《ひうら》が点を取ったときでさえ、数人がまばらな拍手《はくしゅ》をするだけだ。

だが日浦《ひうら》の方にも、それを気にする様子は微塵《みじん》もなかった。

つまりこれが、今のあいつの、部内での立場そのものだった。

「40－0」

ついにマッチポイントになる。

日浦《ひうら》は変わらぬ表情で、ボールを何度か地面でついた。

トントンという音が、どこか寂《さび》しく響《ひび》いた。

「久世高《くぜこう》だねー、これは」

「篠牧《しのまき》って、県ベスト8じゃなかった？　今年の代はあんまり？」

「いや、どう考えても相手が悪いだけでしょ」

と、客席ももう、決着はついたような雰囲気《ふんいき》だ。

まあ無理もない。相手の選手には気の毒だが、あまりにも危なげがなさすぎる。

結局そのままサーブで決めて、日浦《ひうら》、もとい久世《くぜ》高《こう》は無事に勝利を収めた。

「2－1で、勝者久世山《くぜやま》高校」

双方《そうほう》のチームが向き合って、開始時と同じように礼をする。

だが、どっちが勝ったのかわからないくらい、お互《たが》いに雰囲気《ふんいき》が暗かった。

「……行くか」

俺と湊《みなと》は頷《うなず》き合って、もう少し久世高《くぜこう》チームに近いところに移動した。

そのとき、ラケットをくるくる回していた日浦《ひうら》と、ばっちり目が合った。

日浦《ひうら》は表情ひとつ変えず、しばらく俺を見ていた。

もしかすると、もう俺たちがいることには、あいつも気がついていたのかもしれない。

「次の試合までは、まだ時間がある。身体《からだ》を冷やすなよ」

いつにも増して硬《かた》い声で、浅見《あさみ》先生が言った。

このまま、一時解散の流れ。

そう思ったが、しかし、部員たちはその場で固まっていた。

しばらく沈黙《ちんもく》が続いたあと、その中のひとりが唐突《とうとつ》に、口を開いた。

「なんで、日浦《ひうら》を使ったんですか」

ダブルスに出ていた、背の高い女子だった。

さっき俺が先生に言ったのと、真逆のセリフ。

おっとりしていそうな見た目に反して、トゲのある声音《こわね》だった。

やっぱり、始まったか……。

「……どういう意味だ、芳野《よしの》」

険しい表情で、浅見《あさみ》先生が返した。

日浦《ひうら》を隠《かく》していた連中が、何人か身体《からだ》を避《よ》ける。

自然、日浦《ひうら》と浅見《あさみ》先生、芳野《よしの》という女子、三人の三角形が出来上がった。

その状況《じょうきょう》に怯《ひる》むことなく、芳野《よしの》が答えた。

「そのままの意味です。みんな納得《なっとく》してません」

「私のオーダーに文句があるのか。お前は顧問《こもん》か？」

「……」

「勝てるようにオーダーを組んで、事実そうなった。それでなにが不満なんだ」

浅見《あさみ》先生は、わざと横暴なセリフを選んでいるようだった。

だが言っていること自体は、普通《ふつう》に正しいようにも思える。ちょうど、反論が難しい塩梅《あんばい》だ。

おそらく、先生の狙《ねら》いは……。

「みんな、と言ったな。日浦《ひうら》が出たのに納得《なっとく》がいかない。お前たちも同じ考えか？」

浅見《あさみ》先生の質問に、部員たちの視線が行ったり来たりする。

日浦《ひうら》は妙《みょう》に落ち着いた顔で、なにも言わずに立っていた。

「そ、そうです……っ」

芳野《よしの》とは別の女子が、震《ふる》えた声で言った。

「私たちは……この子と勝ちたくないっ。この子のおかげで勝っても、嬉《うれ》しくありません」

心臓が、バクバクと鳴っていた。

去年、日浦《ひうら》が上級生に陰口《かげぐち》を言われていたとき同じ……いや、それ以上に、苦しかった。

頼《たの》むから落ち着けよ、俺。

胸に手を当てて、自分に向けてそう唱える。

今出ていったら、お前は本当にバカだ。

こうなるかもしれないって、思ってたんだろ。

それを承知で、俺は浅見《あさみ》先生に、無理言ったんだろ。

「伊緒《いお》」

ふと、左手に冷たい感触《かんしょく》があった。

湊《みなと》が前を向いたまま、俺の手を包むように握《にぎ》っていた。

「大丈夫《だいじょうぶ》」

湊《みなと》の声は、凛《りん》としていた。

手を握《にぎ》り返すと、少しだけ、胸のざわめきが収まったような気がした。

「他にも意見がある者は？」

浅見《あさみ》先生が、ぐるりと部員たちを見回した。

円の外側で気まずそうにしているのは、たぶん下級生だろう。

だが一人だけ……双葉《ふたば》だけは、俯《うつむ》いてジャージの裾《すそ》を握《にぎ》りしめていた。

「私も……同じです」

ひとりの部員がぽつりとこぼした。

それを皮切りに、いくつかの声が、輪の中から上がり始めた。

「はい。私も」

「だって、その子と一緒《いっしょ》にやってたって、おもしろくないですよ」

「ずっと我慢《がまん》してましたけど、もういやです、私たち」

全員の視線が、日浦《ひうら》の方に集まった。

日浦《ひうら》は依然《いぜん》なにも言わず、ただ、ちらりと一度だけ、双葉《ふたば》の方を見た。

俯《うつむ》いている双葉《ふたば》は、それには気づかない。

「日浦《ひうら》が嫌《きら》いとか、そういうことじゃないんです」

再び、芳野《よしの》が言った。

「先生がそう思ってたなら、勘違《かんちが》いです。前に先輩《せんぱい》と揉《も》めたとか、それで気まずくなったとか、そんなの、もう誰《だれ》も気にしてません」

浅見《あさみ》先生が、驚《おどろ》いたように目を見開いた。

かつての上級生との諍《いさか》い。そのとき掛《か》け違《ちが》えたボタンが、まだ尾《お》を引いている。

それが、浅見《あさみ》先生の認識《にんしき》だった。

だが芳野《よしの》は……そうではないと、真っ向から否定していた。

「でも……でもその子、強すぎます。私たちより、飛《と》び抜《ぬ》けて上手《うま》い。なのに私たちみたいに、テニスしかないって思ってない」

今度は、芳野《よしの》が部員たちの方を見た。

顔をそらすやつもいたが、何人かの部員はたしかに、頷《うなず》いていた。

きっと、本音なんだ。

飾《かざ》り気《け》のない、心からの気持ち。思い。

これが、今のテニス部の歪《ゆが》みを作っている、根底の原因なんだ。

だったらあいつらは、ここで止まっちゃいけない。誰《だれ》も止めちゃいけない。

やっと、本当のことが。

解決するべき問題の核《かく》が、わかるかもしれないのだから。

「部活なんて、それぞれ好きにやればいい。他人が口を出すことじゃない。そんなのわかってます。でも、虚《むな》しいです。日浦《ひうら》より弱い私たちばっかりが、次はもっと勝ちたいね、とか。県でベスト4目指したいね、とか。そんなこと考えてても、結局日浦《ひうら》に助けられる。ひとつかふたつ、いつも不相応に成績がよくなる。それが、いやなんです。今日だって、ホントはさっきの試合で負けてたのにっ」

「そうです」

続いたのは、ダブルスで芳野《よしの》と組んでいる、褐色肌《かっしょくはだ》の女子だった。

「相手がどれだけ格上で、私たちには歯が立たなくても、その子は一勝上げてきます。そんなとき、すごく惨《みじ》めになるんです。この一勝があっても負けるなんて、お前たちは口だけで、全然実力が伴《ともな》ってない。そう言われてるような気分になります。そんなこと、日浦《ひうら》は言わないけど……でもそれが、かえってつらいんです」

涙目《なみだめ》になりながら、褐色《かっしょく》女子はそう結んだ。

隣《となり》にいた部員が、そいつの肩《かた》をよしよしと撫《な》でる。

勝手な言い分だな、とか。でも気持ちはわかるかもしれない、とか。

いろいろと、思うことはある。けれどそんなものは、至極《しごく》どうでもいい。

俺には関係ないことで、あいつらには、ものすごく大事なことだ。

だから俺は、ここで黙《だま》って、見ているだけでいい。

聞いているだけでいいんだ。

「わかってるんです、私たち。目標に実力が足りてないことも、自分たちが強くないことも、わかってる。でも、私たちはそれなりに、自分たちなりに頑張《がんば》って……目標に向かって、普通《ふつう》に努力して……」

芳野《よしの》が浅見《あさみ》先生ではなく、日浦《ひうら》の方を向いた。

双葉《ふたば》は、まだ黙《だま》っている。

「負けても、ダメだったねって。でも、よくやったよねって。普通《ふつう》に頑張《がんば》って、普通《ふつう》に報《むく》われて、でも、やっぱり普通《ふつう》に負けて。……そんなふうに普通《ふつう》に悲しんで、満足して終わりたいんです。なのに、その子がいたら、それができないっ」

語尾《ごび》を強めて、芳野《よしの》は目を伏《ふ》せた。

唇《くちびる》を噛《か》んで、苦しそうに眉《まゆ》をひそめている。

身《み》の丈《たけ》に合うところで、ちゃんと負けたい。そう思っていても、日浦《ひうら》の強さが邪魔をする。

たとえ負けたって、あいつの勝ち星に劣等感《れっとう》を煽《あお》られる。

つまりそういうことだ。そして今回、日浦《ひうら》と双葉《ふたば》が揉《も》めたことで、連中の不満はますます大きくなったんだろう。

「……もちろんその子にだって、部活を楽しむ権利はあります」

今まで黙《だま》っていた部員が歩み出て、控《ひか》えめに言った。

ひとつ前の試合で、日浦《ひうら》の代わりにシングルスに出ていた女子だった。

「だから、きっと間違《まちが》ってるのは私たちです……。でも、だからこそつらいんです。弱いのも、愚《おろ》かなのも、私たち。そう突《つ》きつけられてる気がして、情けなくなるんです」

そこで、隣《となり》のコートと客席から、わぁーっと賑《にぎ》やかな歓声《かんせい》が響《ひび》いた。

残っていた試合が、大詰《おおづ》めに近づいているらしい。

だが久世高《くぜこう》テニス部たちは、そんな声も聞こえていないかのように、今にも崩《くず》れ落《お》ちそうな空気の中で、みんな暗い顔をしていた。

「双葉《ふたば》だって、そうです」

また、褐色肌《かっしょくはだ》の女子が言った。

全員が双葉《ふたば》の方を見る。

俯《うつむ》いたままだった双葉《ふたば》が、ゆっくり顔を上げた。

怯《おび》えているような、逃《に》げ出《だ》してしまいそうな、そんな表情だった。

この話し合いが始まってから、双葉《ふたば》はまだ、ひと言も発していなかった

「あの日、双葉《ふたば》が日浦《ひうら》と喧嘩《けんか》した日……。双葉《ふたば》は、日浦《ひうら》が手加減したから怒《おこ》ったんです。勝てないのがいやなんだろうって、だったら勝たせてやるよって。……そう言われてるって感じたから、だから、双葉《ふたば》は――」

「やめて!!」

悲鳴みたいな声だった。

双葉《ふたば》はくちびるを震《ふる》わせて、目に涙《なみだ》を溜《た》めていた。

「違《ちが》う……私は……私……っ」

声が震《ふる》えるのと同じように、双葉《ふたば》の足が何度か、ふらりと動いた。

部員たちも浅見《あさみ》先生も、俺たちも。全員が、驚《おどろ》きで固まっていた。

ただひとり、日浦《ひうら》を除いて。

「あー、もういい」

気だるげな声が、ゴミを投げ捨てるみたいに、沈黙《ちんもく》を破った。

日浦《ひうら》は輪から抜《ぬ》け出《だ》して、自分のカバンを摑《つか》んだ。

みんなが呆気《あっけ》に取《と》られるなか、そのままフェンスの出口まで、ゆっくり歩いた。

「じゃあな」

短く言って、日浦《ひうら》がコートを出る。

外にあった階段を上がって、姿が見えなくなった。

しばらく、誰《だれ》も動けなかった。

「……伊緒《いお》」

湊《みなと》が、不安げな声で言う。

いつの間にか、湊《みなと》は俺の腕《うで》を、両手で抱《だ》きしめていた。

「行ってくるよ」

そばに置いていたスプライトのボトルを摑《つか》んで、俺は言った。

それから湊《みなと》から離《はな》れて、日浦《ひうら》が歩いていった方へ、早足で進む。

悪いな、湊《みなと》。

ちょっと待っててくれ。ちゃんと、戻《もど》ってくるからさ。

——それから、日浦《ひうら》。

「バーカ」

そっちは、駅とは逆方向だろ。

◆　◆　◆

テニスコートから少し離《はな》れたところに、これまた木に囲まれた原っぱがあった。

日陰《ひかげ》になって、他の場所よりもひと際涼《すず》しげだ。

隣《となり》の駐車場《ちゅうしゃじょう》には何台か車が停まっているが、人の気配はなかった。

原っぱに続く階段を降りると、ザリ、ザリっと音がする。

それもすっかり無視して、あいつは地面に寝転《ねころ》んだまま、動かなかった。

「隣《となり》、失礼」

足を投げ出すようにして、俺も座った。

日浦《ひうら》はやっと、煩《わずら》わしそうに身体《からだ》を起こした。

「なんでいんだよ、お前は」

「今日か？　それとも、今か？」

「両方」

「じゃあどっちも『心配だったから』だな」

俺が言うと、日浦《ひうら》はいつものジト目でこっちを見た。

襟足《えりあし》に付いた短い草が、ハラハラと落ちていく。

「ん」

鳴くような声を出して、日浦《ひうら》はかすかに顎《あご》を動かした。

はいはい、これね。

「全部飲むなよ」

「ヤだ」

即答《そくとう》して、日浦《ひうら》は俺から受け取ったスプライトを、グビグビと飲んだ。

中身をからにして、けほっと小さく咳《せき》をする。

もう炭酸も抜《ぬ》けてるとはいえ、一気はやめなさい、一気は。

ボトルをその場に転がして、日浦《ひうら》はまた、少し黙《だま》った。

喋《しゃべ》りたければ、喋《しゃべ》ればいい。いやなら、なにも言わなくていい。

今は、こいつの好きにさせてやろうと思った。

「お前だろ、あたしを試合に出すように、浅見《あさみ》に言ったの」

「さすが、鋭《するど》いな」

「けっ……余計なことしやがって」

セリフのわりに、日浦《ひうら》の声には咎《とが》める感じが全然なかった。

「浅見《あさみ》先生には、申し訳なかったな。けどお前や部員たちには、必要なことだった。だろ？」

「……だから腹立つんだよ」

「ああ、なるほど」

手元の草をブチっとちぎって、日浦《ひうら》は目の前に向かって投げた。

風に煽《あお》られた緑のカケラが、くるくると舞《ま》いながら散っていく。

出すぎた真似《まね》、だったのかもしれない。

だけど、恨《うら》みを買う覚悟《かくご》だって、それなりにあったんだよ。

「遅《おそ》かれ早《はや》かれ、こうなってた。でなきゃ状況《じようきよう》は変わらない。なら、早い方がいい。今日なら
俺がいるし、それに、湊《みなと》もな」

「柚月《ゆづき》……そうだ、あいつ。あたしをハメるとは、いい度胸だ」

むすっとした表情で、日浦《ひうら》が言った。

コートがある方に向けて、恨《うら》めしそうな視線を送っている。

やっぱり、もう気づいてたか、こいつめ。

「俺が頼《たの》んだんだよ。怒《おこ》るなら俺にしろ」

「どっちもウザイ」

「おぉ……手厳しいな」

けどまあ、今回は仕方ない。

湊《みなと》には悪いが、一緒《いっしょ》に恨《うら》まれてもらおう。

「……」

日浦《ひうら》はまた、パタリと後ろに倒《たお》れた。

俺も同じようにして、ふたりで頭を並べた。

ざわざわと鳴る草木の音に包まれて、少し眠《ねむ》くなる。

枝の隙間《すきま》から見える空が、やたらと青かった。

「聞け、明石《あかし》」

「聞くよ、いくらでも」

お前の話なら、全然苦じゃないよ。

「あたしは、ムカついてる」

そうか。

でもお前の声、あんまりムカついてるように聞こえないぞ。

「知ってたぞ、あたしは」

「……」

「あいつらがどう思ってるかなんて、ずっと前から知ってる。なのに、全然言わねー。こんな状態になるまで言わないから、浅見《あさみ》も、双葉《ふたば》も、もうグチャグチャだ」

「……そうだな」

そうだよな、日浦《ひうら》。

お前は、ひとりでなんとかしようとしてたんだろ。

自分だけはグチャグチャにならないように、ずっと考えて。

「あたしがいると、楽しくない。劣等《れっとう》感押し付けられてムカつく。でも自分たちが間違《まちが》ってると思うから、我慢《がまん》する。我慢《がまん》して、結局こうなってる。あー、もう、ホントにヤだ」

「みんな、お前みたいに強くないんだよ」

「……知るか、そんなの」

拗《す》ねた子どもみたいに言って、日浦《ひうら》はゴロンと横を向いた。

すぐそばにあいつの顔が来る。

大きな目が、俺を見つめる。

柔《やわ》らかそうな頬《ほお》に、汗で濡《ぬ》れた髪が張り付いていた。

「前にも、聞いたことだけどさ」

「……」

「なんで双葉《ふたば》に手を抜《ぬ》いたこと、俺に黙《だま》ってたんだ。隠《かく》すことでもないいんじゃないのか」

自分に勝てないのが、いやなんだろうって。

勝ちたいなら、勝たせてやるよって。

そこまでじゃなくても、日浦《ひうら》が手加減したのは、つまりそういう意図があったからだろう。

もしかすると、現状を改善するための、日浦《ひうら》なりの苦肉の策だったのかもしれない。

だが、それならなにも、俺にまで秘密にする必要はなかった。

手加減したらバレて、キレられた。そんなこと、日浦《ひうら》なら普通《ふつう》に言いそうなもんだ。

それから、そりゃお前に非があるな、とか。自業自得《じごうじとく》だな、あほ、とか。

少なくとも俺とのあいだでは、そんな軽口だけで終わってたはずだ。

なのに、こいつはそれを隠《かく》していた。そして、今でも話そうとしない。

その理由が、俺には未《いま》だに気になっていた。

「またそれか。しつこいな、お前は」

「やっぱり……答えられないのか」

「うん」

以前よりずっとあっさりしていて、けれど、同じ答えだった。

……なら、もう仕方ないな。

「わかった。じゃあお前に任せる。なにか、わけがあるんだろうしな」

「ん。っていうか、最初からそうしとけ」

「いや……だって、お前が心配で」

「それも知ってる。けど、今回はいいの」

言って、日浦《ひうら》は軽いデコピンをしてきた。

コンッと音がして、痺《しび》れるような痛みが来る。

まあ、たしかに俺が悪い。

なにせ日浦《ひうら》の方は、俺の隠《かく》し事《ごと》、見逃《みのが》してくれたわけだからな。

「それで……これからどうするんだ」

「……ん」

寝転《ねころ》んだまま、日浦《ひうら》は短い返事をした。

さっきまでとは違《ちが》う、少し重い声だった。

「もうグチャグチャだ、って言ってたろ。ならそのグチャグチャは、どうすれば解決できる？

お前は、どうするつもりなんだ」

「……知らん」

「……案がないのか」

「ない」

日浦《ひうら》が目を閉じた。

長いまつ毛がぴくりと動く。

眉間《みけん》にうっすら浮《う》かんだしわを見ると、なんともいえず、苦しくなった。

「なあ日浦《ひうら》。お前、そもそもどうしたいんだ」

「……」

日浦《ひうら》は、すぐには答えなかった。

こいつがこれからどうしたいのか、どうなりたいのか。

今の俺たちには、それが一番、大切なことだった。

「楽しいことがしたい」

俺の方を見ずに、日浦《ひうら》が言った。

平坦《へいたん》で、それでいて迷いのない声だった。

やっぱり……お前はそうだよな。

「テニスはけっこう好きだから、今まで続けてきた。けどあたしは、べつにテニスじゃなくてもいい。あいつらが、あたしがいるとつまんないって言うなら、辞《や》めたっていい」

「……そうか」

優《やさ》しいもんな、お前。

手加減してもダメ。本気でやってもダメ。それじゃ、どうすりゃいいんだって話だ。

「ほかの部活、やるか？」

そんな選択肢《せんたくし》も、あるんじゃないか。

お前なら、なにやっててもきっと、カッコいいだろうし。

「どこ行っても一緒《いっしょ》だろ。競技が変わるだけで、またおんなじようなことが起こる」

「いやいや。わかんないだろ、それは」

「最初からならともかく、今から入ったら邪魔《じゃま》だろ、普通《ふつう》に」

「……まあ、そりゃたしかに」

それこそ、レギュラー取られたとかなんとか、いろいろありそうだ。

っていうか、日浦《ひうら》がレギュラーになる前提なんだな、俺たち。

「じゃあ……やっぱり、テニス部か」

「……さあな」

さあな、ね。

お前がそう言うってことは、ホントに悩《なや》んでるんだろうな。

「……」

日浦《ひうら》に、アイデアがなにもないのなら。

俺がなんとかするしかない。

今あるのもので。俺が、使えるもので。

……まあ、そんなの限られてるけどさ。

「日浦《ひうら》」

「……ん」

「感謝してる。それから、俺だって本音をいえば、テニスしてるお前が見たいよ」

俺は跳《は》ねるように立ち上がって、寝《ね》そべったままの日浦《ひうら》に背を向けた。

そして、もと来た道を戻《もど》るように、ゆっくり歩いた。

「じゃあな。気が向いたら、帰ってこいよ」

後ろにいる日浦《ひうら》は、なにも言わない。

あれからずっと、助けられてばっかだったけど。

いつもいつも、頼《たよ》りっぱなしだったけど。

でも、それじゃバランス悪いもんな。

なあ、日浦《ひうら》。

◆　◆　◆

コートに戻《もど》ると、強い熱気と興奮を感じた。

準決勝の二試合を直前に控《ひか》え、客席はざわざわと騒《さわ》がしい。

だがその一方で、生き残っているチームの輪は緊張《きんちょう》感に包まれていた。

張《は》り詰《つ》めた空気のなかで円陣《えんじん》を組み、小声でなにやら話し合っている。

お試《ため》し大会。そんなふうに思っているのは、もしかすると俺たち外野だけなのかもしれない。

ちらと見ると、湊《みなと》はひとりで席に座っていた。

スッと背筋を伸《の》ばして、コートの中を静かに見つめている。

ほっといて悪いな、と思う。

けど、もうちょっとだけ待っててくれ。

ひと仕事終えたら、すぐ行くから。

「あっ……」

ふと、後ろから声がした。

振《ふ》り返《かえ》ると、ひどく暗い顔をした双葉美沙《ふたばみさ》が、タオルを首にかけて立っていた。

だらんと下がった腕《うで》の先で、ラケットが心細げに揺《ゆ》れる。

ほんのわずかに後ずさって、それでも意地を張るように、俺を睨《にら》む。

探す手間が省けた。

今、俺はこいつに、大事な用がある。

「……どいて」

横を通り過ぎた双葉《ふたば》を追いかけて、肩《かた》を摑《つか》む。

拒絶《きょぜつ》するように身体《からだ》を捻《ひね》って、双葉《ふたば》はとげのある目をこちらに向けた。

こいつと話すのは昨日の夜……いや、明石伊緒《あかしいお》としては、あのときの学校以来か。

「なに！　前に言ったよね！　次話しかけたら、大声出すって！」

不快感を露《あら》わにして、双葉《ふたば》が鋭《するど》く叫《さけ》ぶ。

けれど、声のボリュームは控《ひか》えめだ。それに気迫《きはく》もない。

さっきの様子を見るに、たぶんこいつだって、かなりこたえてるのだろう。

「話がしたい」

「あんたと話すことなんてない」

「いいや、ある。本当は、お前が話すべき相手は俺じゃない。でもそれができないなら……お前がそうしないなら、俺がやるしかないんだよ」

「……意味わかんないっ」

相変わらず、弱々しい声だ。

双葉《ふたば》は目をそらして、けれどその先にいたテニス部員たちからもまた逃《に》げて、諦《あきら》めたように俺の方を向き直った。

今を逃《のが》せば、もうチャンスはない。

お前が、明石伊緒《あかしいお》を気に食わないのはわかる。

なにせお前から見れば、俺はいつも好きな相手のそばにいる、目障《めざわ》りなやつだろうからな。

けど、もうそんなこと言ってられないだろ。俺も、お前も。

「いいのか、このままで」

双葉《ふたば》をまっすぐ見据《みす》えたまま、俺は言った。

弾《はじ》かれたように顔が歪《ゆが》む。瞳《ひとみ》が揺《ゆ》れる。

なにか言いかけたように、かすかに口元が動いた。

「わかってるだろ。日浦《ひうら》は悪くない。あいつはただ、思うようにテニスしてるだけだ」

「……」

「テニス部の連中が言ってたことだって、理解できる。でも、じゃああいつはどうすればいい？　辞《や》めれば満足か。それで、お前たちは納得《なっとく》して部活ができるのか」

双葉《ふたば》は答えない。

両手を握《にぎ》り締《し》めて、今にも泣きそうな顔で、俺を睨《ね》め付《つ》けている。

こいつしかいない。

状況《じょうきょう》を打開するには、双葉《ふたば》が日浦《ひうら》の味方になってくれるしか、もう方法がない。

お前は、日浦《ひうら》のことが好きなんだろ。

俺と同じで、あいつがイキイキしてる姿に、惹《ひ》かれたんだろ。

部外者なんだよ、俺は。

お前じゃなきゃ、この状況《じょうきょう》を変えられないんだよ。

「助けてやってくれよ。事情は違《ちが》ってても、あいつは去年から、ずっとつらいんだよ。なのに腐《くさ》らずに、自分なりになんとかしようとしてるんだよ……！　テニスにこだわりないなんて言いながら、ずっと辞《や》めずに、戦ってるんだよ！」

本当にどうでもいい場所なら、日浦《ひうら》はいつだって切り捨てる。

それをするのが……できるのが、あいつだ。

「日浦《ひうら》がまだ悩《なや》んでるのは、捨てたくない気持ちがあるからだ！　ここでテニスをすれば楽しいだろうって、そう思ってるからだ！　でも……ひとりじゃ無理だ。味方がいなけりゃ、あいつにだってどうにもできない。助けられるのは、お前しかいないんだよ……！」

部活も大事だって、昨日言ったよな。

でも、日浦《ひうら》だって大事だろ。

どっちも救えるかもしれないんだよ。

俺だってお前も日浦《ひうら》も、ふたつの大事なものを、両方守ってやりたいんだよ。


「……私に、そんな資格ない」

絞《しぼ》り出《だ》すような声で、双葉《ふたば》が言った。

くちびるを強く噛《か》んで、肩《かた》を震《ふる》わせる。

怒気《どき》を失った目が、縋《すが》るように俺を見ている。

「私……怒《おこ》っちゃった……っ」

さっきよりももっと小さな声で、双葉《ふたば》が続けた。

「……日浦《ひうら》に手加減されて……そんな資格ないのにっ！　全然必死になれてないくせに……練習だって、人並みにしかできてないのに、偉《えら》そうにっ！」

双葉《ふたば》は泣いていた。

言葉にならない声で、まるで自分を恥《は》じるように。

許しを請《こ》うように。

「努力不足だって、わかってるくせにっ……！　手加減されても勝てない、私が悪いのに！　バカにされてるんじゃなくて……ホントにバカなのに!!」

ああ――そういうことか。

散らばっていたものが漂《ただよ》って、パチリとはまっていく。

手を抜《ぬ》いたことを隠《かく》したかったんじゃない。

日浦《ひうら》は、双葉が怒ったから、隠《かく》してたんだ。

上手《うま》いあいつには、わかったんだ。

双葉《ふたば》が、日浦《ひうら》に勝てずに怒《おこ》れるほど、テニスに打ち込めてないことが。

――歪《ゆが》みは心を蝕《むしば》みます。きっとあの方も、自覚しているのでしょう。

白濱依舞《しらはまいぶ》の言葉が、やっと繋《つな》がった。

勝ちたいって思ってても、そのために全力になれてない。

自分の意志と、行動の矛盾《むじゅん》。

それを自覚しながら、向き合うこともできていない。

その後ろめたさをぶつけてしまったことが、双葉《ふたば》の弱みで、歪《ゆが》みだった。

そして日浦《ひうら》は、それを俺やほかの部員たちに、隠《かく》そうとしてたんだ。

双葉《ふたば》がこれ以上、つらくならないように。

あいつがさっき、コートから出ていったタイミングだってそうだ。

双葉《ふたば》に集まりそうになった注目をそらすために、日浦《ひうら》は……。

「だから……私、今さらなにもできないっ……。どんな顔して日浦《ひうら》に謝ればいいか、わかんない……。ダサいとこ……これ以上見せたくない……っ」

頬《ほお》を強く押さえるように、伝う涙《なみだ》を手で拭《ぬぐ》う。

それでも止まらなくて、双葉《ふたば》はボロボロになりながら、しがみつくように耐《た》えていた。

──日浦《ひうら》、かっこいいんだ。私は……あんなふうになれない。

頭の中で、いつかイヤホン越《ご》しに聞いた声が響《ひび》いた。

双葉《ふたば》。

「わかるよ、双葉《ふたば》」

「……え？」

俺は、ずっとお前の話に、付き合ってきたから。

──でも、やっぱり無理なのかな？　女の子同士だし……。

──告白は……ほらっ、もうちょっと、自分に自信持てるようになってからさ！

──まだダメダメだもん、私。こんなんじゃ、日浦《ひうら》に呆《あき》れられるよ……。

「でも、だからこそお前は、今頑張《がんば》らなきゃいけないんじゃないのか」

だって、まだいくらでも、取り返しはつくんだ。

日浦《ひうら》は……あいつは、細かいことなんて気にしない。

ちょっとくらい遅《おく》れたって、「あほ」のひと言で終わりだ。

……明石《あかし》伊緒《いお》の言葉が、届かないのなら。

俺にできるのは、もうこれしかないよな。

「双葉《ふたば》。俺……本当は──」


「引っ込め！　明石《あかし》!!」


どこからか、声が飛んできた。

出かかっていた言葉が、喉《のど》の奥に引っ込んだ。

目の前にいる双葉《ふたば》が、呆然《ぼうぜん》と俺の後ろを見ている。

久世高《くぜこう》部員や、浅見《あさみ》先生、湊《みなと》。それに他校のテニス部たちも、みんな、そちらに釘付《くぎづ》けになっていた。

フェンスの入り口にまっすぐ立って、日浦《ひうら》は双葉《ふたば》と、久世高《くぜこう》部員たちを見据《みす》えた。

ああ、日浦《ひうら》。

やっぱり、お前には――。

「すぅーっ」

息を吸う音がする。

風がピタリと止《や》んで、誰《だれ》も声を発していなかった。

「聞け、お前ら」

いやいや。

言われなくたって、もうみんな、お前しか見てないよ。

「気に食わないか。自分が弱いのがいやか。強いあたしがムカつくか」

叫《さけ》んでも、張り上げてるわけでもないのに。

「あたしは辞《や》めないぞ、部活」

日浦《ひうら》のセリフは、身体《からだ》の奥に響《ひび》いてきた。

お前、そんな声出せたんだな。

なんか、放送室乗っ取ったときの俺と、ちょっと似てないか。

「面倒《めんどう》だけど、お前らと喧嘩《けんか》して、もっと怒鳴《どな》り合って。で、お互《たが》いそれなりに理解して、もうこれ以上揉《も》めるのもバカらしい、そう思ったあとで」

っていうか、他校の連中も見てるんだぞ。

いや、お前はこういう目立ち方、べつにいやじゃないのか。

「あたしが、お前らを強くする」

また、日浦《ひうら》が大きく息を吸う。

後ろから、双葉《ふたば》がひっくとしゃくり上げる声がした。

「一緒《いっしょ》に練習して、お互《たが》いなんの区別も遠慮《えんりょ》もなく、指摘《してき》し合う。試合になったら、あたしはお前らを応援《おうえん》する。お前らも、あたしを応援《おうえん》する。勝ったら一緒《いっしょ》に喜んで、負けたら悔《くや》しがる。そういう、普通《ふつう》の部活仲間になる。いや、なりたい。そう思ってるから、あたしは」

日浦《ひうら》がトントンと、飛ぶように階段を降りてくる。

それから俺たちの横を通り過ぎて、久世《くぜ》高《こう》テニス部の集団の前に立つ。

全員を見渡《みわた》して、ビシッと指を突《つ》きつけて、続けた。

「だから、今まで辞《や》めてない。ずっとクソだったし、つまんなかったけど。お前らなんか知るかって、何回も思ったけど」

浅見《あさみ》先生が、薄《うす》く笑った。

やれやれと首を振《ふ》って、呆《あき》れと、そして敬意のこもった目で、日浦《ひうら》を見ていた。

「でも、やっぱりあたしは、自分のやること全部、楽しくしたい。今日負けたら、会議だ。浅《あさ》見《み》の家でも、どっかの店でも、部室でもいい。ガキみたいに喧嘩《けんか》して、面倒《めんどう》なこと全部片付けて、んで明日から、あたしらはちゃんと、部活する。文句あるやつ！」

ひと際鋭《するど》い声で言って、日浦《ひうら》が一度言葉を切った。

全員が俯《うつむ》かず、顔もそらさず、続きを待っていた。

「受けて立つから、あとで来い。直接な。殴《なぐ》ったりしないから、安心しろ」

ホントかよ。

かえって、みんなビビるんじゃないのか、それ。

「……さあ、お前たち、試合だ。いつまで固まってる。オーダー組むから、意見を出せ」

パチパチと手を叩《たた》いて、浅見《あさみ》先生が言った。

我に返ったように、部員たちが駆《か》け足《あし》で集まる。

遅《おく》れて合流した双葉《ふたば》も加えて、全員で輪を作る。

日浦《ひうら》は俺のことなんて見もせず、ただその中心で腕《うで》を組んで、仁王立《におうだ》ちしていた。

「……やっぱり、そうだよな」

心配して、損した。

いや、損じゃなくても、無駄《むだ》だった。

こいつには……。

「あほ！　なんでこの流れであたしが出ないんだよ！」

「どうせあんた勝つでしょ。七人団体のときのために、シングルス枠試《わくため》すの」

「ってことで、双葉《ふたば》も休みね。先生、私出たいです」

「え、ちょっと待ってよ！　日浦《ひうら》はともかく、私は出るって！」

「泣いてる人は出られませーん」

「あ、じゃあダブルスも試《ため》しましょ！　私たち、自信あります」

「あたしを出せ！」

日浦《ひうら》には、俺の助けなんて最初から、いらなかったんだ。

かっこいいな、くそっ。

――エピローグ――

「それでは、日浦《ひうら》さんたちの仲直りに、乾杯《かんぱい》!」

藤宮《ふじみや》の音頭《おんど》で、俺たちは持っていたグラスを控《ひか》えめに突《つ》き出《だ》した。

カランという音と、みんなの声が響《ひび》く。

テーブルの真ん中から漂《ただよ》ってくる熱気に、なんだか無性《むしょう》にワクワクした。

八月二十七日。夏休みも残すところ、あと四日。

今日はいつもの六人で、『最後の焼肉会』だ。

「ラストオーダーは八時です。注文はタッチパネルからどうぞ!」

藤宮《ふじみや》がなぜか、さっき店員から聞いた説明を繰《く》り返《かえ》した。

御影《みかげ》はニコニコと楽しそうに拍手《はくしゅ》をして、湊《みなと》はみんなにおしぼりを配る。玲児《れいじ》はキョロキョロ店内を見回して、今日の主役の日浦《ひうら》は、すでにタッチパネルを操作し始めていた。

見事にバラバラだ。まあ、それはそれでバランスが取れてる気もするけども。

「俺塩タンなー。あとは無難に上カルビか」

「私は焼きすきがいいな。卵につけて食べるんだね」

「日浦《ひうら》さん、サラダと焼き野菜頼《たの》んで。お肉はなんでもいいわ」

「あっ、私チシャ菜ほしい！　湊一緒《みなといっしょ》に食べよー」

「明石《あかし》、デザートも無限か？」

「違《ちが》う。最後に一回だけだ。ルールをよく読め」

っていうか無限ってなんだ。そして、そうだとしてもまだ早いだろ。

ちなみにこの集まりは、以前瀬名《せな》の恋愛《れんあい》相談を受けたとき、玲児《れいじ》と日浦《ひうら》に協力の報酬《ほうしゅう》として提示した『焼肉奢《おご》り』が発端《ほったん》だ。

噂《うわさ》を嗅《か》ぎつけたらしい藤宮《ふじみや》と御影《みかげ》が、ずるいとか羨《うらや》ましいとか、自分たちも混ぜろとかいろいろ言ってきて、結局六人で開催《かいさい》することになった。

もちろん、それ自体はいい。俺が奢《おご》るのは、日浦《ひうら》と玲児《れいじ》の分だけだからな。

……ただ。

「それにしても、さすが伊織《いお》。ワンカルビとは太っ腹だなー」

と、玲児《れいじ》がメニューを眺《なが》めながら言う。表には、コースの値段が大きく書かれていた。

税込《こみ》で四千円とちょっと。

おかしい。『食べ放題三千円』という約束が、普通《ふつう》になかったことになっている。

日浦《ひうら》から「ここがいい」と言われたときは、ついにバカになったのかと思った。

まあ、今回はいろいろあったから、いいけどさ。

「亜貴《あき》、焼けたよ」

「ん、ご苦労」

ちょうどいい焼き加減のカルビを、御影《みかげ》が日浦《ひうら》の取り皿に載《の》せる。そのまますぐに口に入れて、日浦《ひうら》は満足げに頷《うなず》いた。

主役とはいえ、なんと贅沢《ぜいたく》なやつ。ただでさえ御影《みかげ》が焼いた肉は、たぶん二割増しくらいでうまいだろうに。

「はい、伊緒《いお》くんもどうぞ」

「えっ……あ、ありがとうございます」

「ふふ、いいよ。お肉焼くの、楽しくて好きなんだ」

煙《けむり》の向こうで、御影《みかげ》が柔《やわ》らかく笑う。

俺も贅沢《ぜいたく》なやつだった。大事に食べよう、このカルビ。

「……伊緒《いお》、こっちも焼けてる」

「お？　おう……サンキュー湊《みなと》」

「……ふん」

と、なにやら湊《みなと》は不満そうだった。

食いたいなら、わざわざくれなくてもいいんだけどな。まあ、こっちの肉も同じくらいうまいだろうし、ありがたくいただこう。

っていうか、それでなくてもうまいなこの店。内装もやけに落ち着いてて、いい感じだ。

初めて来たけど、さすがちょっとお高いだけのことはある。日浦《ひうら》の美食センサー、恐《おそ》るべし。

「でもよかったねぇ、日浦《ひうら》さん、のびのび部活できるようになって」

チシャ菜で肉を包みながら、藤宮《ふじみや》がしみじみと言った。

当の日浦《ひうら》は特に反応もせず、熱心にタッチパネルをいじっている。照れくさいのか、単にマイペースなのかは微妙《びみよう》なところだ。

「今日も部活してたの？」

今度は湊《みなと》が、取り分けたサラダを日浦《ひうら》に渡《わた》しながら。

「してた。つまり、あたしは腹が減っている」

「お前はいつも大食いだけどなー」

「うまいもんは、食えば食うほどよいのだ」

よいのだろうか。まあ、日浦《ひうら》は消費カロリーも多そうだからな。

あれから久世《くぜ》高硬式《こうこうしき》女子テニス部は、今までよりもかなり熱心に、そしてまとまって練習に取り組んでいるらしい。

みんなが腹を割って話して、そのうえで、日浦《ひうら》に全部飲み込まれた。わだかまりがなくなったおかげで、前みたいなギクシャクした関係は解消されつつある。

何日か前、プルーフを訪ねてきた浅見《あさみ》先生にお礼を言われた。

俺はなにもしてないが、「お前のおかげで、少しだけマシになれた」なんて言われると、否定するのも気が引けた。

いい方向に進んでるならなによりだ。

「私も見たかったな、亜貴《あき》の試合。そうだ、今度応援《おうえん》に行ってもいいかな?」

「勝手にしろ。暇《ひま》になっても文句言うなよ」

と、日浦《ひうら》は意外な返事をしていた。

前までならまず間違《まち》いなく、いやがってただろう。

こいつも、今のテニス部は気に入っているのかもしれない。

「やった。それじゃあ、楽しみにしてるね」

「えー、私も見たいなぁ。日浦《ひうら》さんのテニス、すごそうだし。湊《みなと》も一緒《いっしょ》に行こー!」

「え、ええ。いいけど」

飲んでいた水を置いて、湊《みなと》が答える。

しかし、この三人が応援《おうえん》席にいるとは、相手が気の毒だな。そういう意味では、勝利への貢《こう》献《けん》度も大きそうだ。

「明石《あかし》、ビビンバを頼《たの》め。そして半分食え」

「あー、はいはい。了解《りょうかい》」

日浦《ひうら》の希望通り、俺はタッチパネルでビビンバを注文した。

頑張《がんば》ったからな、日浦《ひうら》。好きなものを好きなだけ食えばいい。いらない分は任せろ。

「ところで詩帆《しほ》。それに、伊緒《いお》も」

「え、はい！　なんでしょうか、湊《みなと》先生……！」

途端《とたん》に生徒モードになって、藤宮《ふじみや》が答えた。

俺も自然、背筋がピンと伸《の》びる。なにを言われるのか、もうわかっていた。

「課題は終わった？」

「はい！　もうすぐ終わります！」

なっ……!?　藤宮《ふじみや》お前、抜《ぬ》け駆《が》けか……っ。

「そう。それで、伊緒《いお》は？」

……。

「ど……どっかで徹夜《てつや》すれば……たぶん終わる」

かもしれない。終わらないかも。

まあ運次第《しだい》ですよね、そこは。

「……はぁ」

ため息をつかれてしまった。

しかし、俺にしては頑張《がんば》った方だ。ここ数日は、それこそ課題漬《づ》けだしな。有希人《ゆきと》に言って、バイトもはずしてもらった。

逆にいえば、それでやっとギリギリになるくらい、溜《た》まってたわけだけども。

「まあ、最悪間に合わなくても、留年とかするわけじゃないしな。怒《おこ》られて、二学期の成績落ちて、それだけだろ」

「あ、明石《あかし》くんが最終手段を見据《みす》えてる」

「終わってるなー、伊緒《いお》」

「覚悟《かくご》を決めた人間は強いね」

「加奈井《かない》先生が気の毒……」

「あほだな」

口々に冷たいことを言って、俺以外の五人はどんどん肉を焼いた。

返す言葉もない。けど、今年の夏休みは仕方ない。

来年は、もうちょっと考えて予定組まなきゃな。……まあ、実際はそういうわけにもいかないんだろうけど。


「いやー、食った食った。奢《おご》りの焼肉は世界一うまいな」

二時間の食べ放題を終えて、俺たちはぞろぞろと駅まで歩いた。

夏休みは終わるが、夏はまだ終わらない。夜道は普通《ふつう》に蒸し暑《あつ》く、ちょっとうんざりした。

知らないうちに涼《すず》しくなって、今度は急に寒くなる。毎年同じパターンだ。

気温に振《ふ》り回《まわ》されて、悲しい限りだな。

「本当においしかったね。また来たいな」

「次集まれるのいつかなぁ」

「どうせ詩帆《しほ》は、またしょっちゅううちに来るんでしょ」

「もっちろん」

「湊《みなと》、私も遊びに行くね」

「……ふたりともほどほどに」

前を歩く湊《みなと》たちの微笑《ほほえ》ましい会話をBGMにして、俺は少しのんびり歩いた。

帰ったらまた課題だ。そうでなくとも、この時間が終わるのが、柄《がら》にもなく寂《さび》しかった。

ふと思い出して、俺はポケットからスマホを出した。

今日は天使の相談者のひとりが、好きな相手に告白することになっている。

部活の帰り道にって言ってたから、たぶんそろそろ——。

「……ん」

いつも使っているチャットルームを開くと、目当ての相談者からはなにも来ていなかった。

その代わり別の相手から、メッセージが二通。

『いろいろあって、部活の雰囲気《ふんいき》よくなった』

『これからもよろしくね。ヘタレだけど、気長に応援《おうえん》してて』

双葉《ふたば》だった。

あの日以来、初めての連絡《れんらく》だ。

今回の一件を、あいつの方ではどう消化しているのか。

それが気になって、でもしばらく、こっちから連絡《れんらく》するのはやめておくつもりだったのだが。

『こちらこそ、よろしく』

それだけ送って、俺はまたスマホを仕舞《しま》った。

あいつの恋《こい》は、まだなにも進んでいない。この先も、悩《なや》みや苦労がたくさんあるだろう。

けれどひとまず、大きな壁《かべ》は取《と》り払《はら》われたといっていい。

双葉《ふたば》がまだ俺を頼《たよ》ってくれるなら、こっちだって全力でサポートするつもりだ。

気長に。それもいいだろう。最後に後悔《こうかい》さえしなければ、恋《こい》の進め方は人それぞれだ。

もともとあいつは、連絡《れんらく》がマメなタイプじゃなさそうだしな。

「こら明石《あかし》」

月を探して夜空を見渡《みわた》していると、視界の下の方に突然《とつぜん》、日浦《ひうら》の頭が割り込んできた。

いつもの髪《かみ》留めが、月光をわずかに反射して光る。

実はこいつに直接会うのも、あの大会の日以来だ。

ちょっと心配だったけど、この様子じゃ全然問題なさそうだな。

「なんだよテニス少女。まだ食い足りないのか？」

最後のデザートも、爆速《ばくそく》で食ってたしな、こいつ。

みんなその頃《ころ》には満腹で、ちまちま進めてたのにさ。

「違《ちが》う。肉、うまかった。さんきゅ」

「……そりゃよかったな」

そんな素直《すなお》に言ったって、もう奢《おご》らないぞ。

自分と日浦《ひうら》のふたり分でも、一日バイトしてやっと稼《かせ》げるくらいなんだからな。

……まあ、たまにな。大会のあととか、そういう日くらいなら、うん。

いや、単純だな、俺。

「しかし、いろいろ大変だったな、今回は」

最初に玲児《れいじ》からの連絡《れんらく》を見たときは、どうなることかと思った。

こうしてそれなりに丸く収まって、ひたすら安心だ。

「めんどいことが片付いたのは、まあよかった。けどどうせ、これからもなにかとあるだろ」

「かもな。連中と仲よくやれよ。湊《みなと》たちみたいに、タフなやつばっかりじゃないんだから」

「知らん。強くなれ」

はあ、やれやれ。

大丈夫《だいじょうぶ》かね、このわがままお嬢様《じょうさま》は。

まあ、悪いやつじゃないんだ。苦労するだろうけど、大目に見てやってくれよ、テニス部。

それから俺たちは、前にいる四人の背中を眺《なが》めながら、しばらく黙《だま》っていた。

気になることは、たしかにある。
俺の行動の違和感《いわかん》に、日浦《ひうら》は気がついていた。
そのうえで、隠し事《かくごと》を許して、追及してこなかった。
こいつは、どこまで勘《かん》づいているのか。
俺と双葉《ふたば》の関係までは、まさか気づいてないだろうけども……。
「……いや」
聞くなら今しかない。
だが、その必要もない。
せっかく知らん顔してくれてるんだ。今回は、日浦《ひうら》の気遣《きづか》いに全力で甘えよう。
そのとき、ひと際強い風が、俺たちのあいだを吹《ふ》き抜《ぬ》けた。
少し湿《しめ》って、ぬるい空気の波を浴びる。
隣《となり》でそよぐ日浦《ひうら》の髪《かみ》を見ていると、あの日のことが思い出された。
――引っ込め！　明石《あかし》!!
……結局、日浦《ひうら》はひとりで、全部解決してしまった。
なんとかしてやろうって。そのために、できることはなんでもしようって。
そんな俺の気持ちは、全部無駄《むだ》だった。
けど今思えば、それも当然だったのかもしれない。

日浦《ひうら》が強いなんてことは、俺が一番、よく知ってる。

ああ見えて、実は弱さを隠《かく》してるとか。

強がってるだけで、ホントは不安を抱《かか》えてるとか。

そういうんじゃないんだ、日浦《ひうら》は。

小さい身体《からだ》で誰《だれ》よりも強くて、誰《だれ》よりもカッコいい。

あいつが助けを求めてこないなら、それはきっと、大丈夫《だいじょうぶ》ってことなんだ。

……まあ、そうはいっても。

「なあ、日浦《ひうら》よ」

「ん」

「……俺は、お前がつらい思いしてたら、たぶんまた、首突《つ》っ込むと思う」

だって、いやだから。

ほっといても大丈夫《だいじょうぶ》なら、助けない。なにもしない。

そんなのはいやだ。

俺は、イキイキしてて、笑ってる日浦《ひうら》が一番、好きだから。

「誰《だれ》の助けもいらないお前を、それでも俺は助けるよ」

さすがに、顔を見ながらは無理だった。恥《は》ずかしくて、それになんだか大袈裟《おおげさ》だ。

でも、これだけは今日、言っておきたかった。

ごまかさず、しっかりと。ちゃんと伝わるように。

「バカだから、見当はずれなこともするかもしれない。かえって、お前の足を引っ張るかもしれない。だからもし、余計なお世話だったら、今回みたいに止めてくれ。それで、ちゃんと引っ込むからさ」

最後まで言い終えて、俺はカッと顔が熱くなるのを感じた。

でも、気持ち悪いと思われたって、笑われたって、べつによかった。

こいつとはこれからも、長く付き合っていく。付き合っていきたい。

だからそんなのは、今日だけの恥《はじ》だ。

「めんどいな」

「めんどくても、頼《たの》むよ。できるだろ、お前なら」

「まあ、できるな」

ならいいだろ、それくらい。

親友の特権だと思って、見逃《みのが》してくれ。

「……ん？」

灯《あか》りのついた自販機《じはんき》の前を横切って、日浦《ひうら》の顔が照らされる。

そこで、俺はあることに気がついた。

焼肉中は見えなかったが、こいつ……。

「お前……ほっぺたに土付いてるぞ」

「なぬっ」

日浦《ひうら》はムッとして、すぐに手の甲《てこう》で顔を拭《ぬぐ》い始めた。

だが、具体的な場所を伝えていないので、全然取れていない。

テニスで付けてきたんだろうけど、相変わらずガサツなやつだ。

練習終わったら、ちゃんと鏡見てきなさい。女の子でしょ。

「もうちょい下だ。ほら、鼻の右の方」

「ん――」

日浦《ひうら》は変な唸《うな》り声を上げながら、土のそばで手を行ったり来たりさせていた。

そういえば、ちょうど去年も教室で、おんなじようなことあったな。

俺が拭《ふ》こうとしたら、思いっ切り手を捻《ひね》られて――。

「ん」

「……えっ」

気がつけば、日浦《ひうら》は立ち止まって、顔をこっちに突《つ》き出《だ》していた。

目を閉じたまま、くんっと顎《あご》を動かして、なにかを催促《さいそく》している。

これは……。

「わからん。取れ」

無防備にじっとして、短く言う。

俺のポケットには、ハンカチがある。

あのときは拒絶《きょぜつ》されたのに……な。

「ほら、ここ」

いろいろ悩《なや》んだ末に、俺はハンカチを出して、日浦《ひうら》の頰《ほお》に当てた。

指先に、滑《なめ》らかな感触《かんしょく》がくる。

ちからが発動して――でも、なにも見えない。

そのことになぜだか、ちょっとだけ安心した。

「……取れました」

「ん。じゃ、行くぞ」

何事もなかったかのように、日浦《ひうら》がまた歩き出す。

少し遅《おく》れて、俺もあとを追いかけた。

もしいつか、俺にこのちからがあることを、日浦《ひうら》が知ったら。

こいつは、今日のことを怒《おこ》るだろうか。

……いや、たぶんそれはない。

またふぅんって言って、それで終わりだろう。

「日浦《ひうら》」

遅《おく》れていた俺たちに向かって、藤宮《ふじみや》が手を振《ふ》っている。
向こうに聞こえないくらいの声で、俺は日浦《ひうら》に言った。
「部活、忙《いそが》しくなっても、また俺とも遊べよ」
そしてこれからも、俺を振《ふ》り回《まわ》してくれよ。
でなきゃ、退屈《たいくつ》で仕方ない。お前だって、ちょっとは同じ気持ちだろ？
日浦《ひうら》は振《ふ》り返《かえ》らない。
暗く輝《かがや》くショートヘアが、踊《おど》るように跳《は》ねる。
やけに綺麗《きれい》な星たちが、小さな背中越《ご》しに輝《かがや》く。
なにも気にしないデカい声で、日浦《ひうら》が返事をする。

「当たり前だろ、あほ」

あほは余計だ、バカ。
今度は六人で、俺たちはまた駅まで歩く。
夏休みが、本当にもう終わる。
けれど学校が始まるのも、ちょっと楽しみかもしれないと思った。

あとがき

　こんにちは、友達はちょっとしかいない、丸深まろやかです。

嘘《うそ》……いや、本当です。友達募集中《ぼしゅうちゅう》です。よろしくお願いします。

　みなさん大変お久しぶりです。またお会いできて、とても嬉《うれ》しいです。

こうして再び、本シリーズの続きをお届けできたのは、紛《まぎ》れもなくみなさんの応援《おうえん》のおかげです。心からお礼を申し上げます。


　さて、前回から今までに、この作品にはいろいろなことがありました。

『このライトノベルがすごい！』では、総合新作部門七位、文庫部門十四位と、身に余る光栄な結果をいただきました。未《いま》だに信じられない気持ちです。投票してくださった方々、本当にありがとうございました。

　それからついでに、キャラクター男性部門に伊緒《いお》くんがギリギリランクインしていたのも嬉《うれ》しかったです。シリーズの構想を練っていたときよりも、伊緒《いお》くんはずいぶん熱血に、それから泣き虫になりました。まあ気苦労が多い人なので、仕方ないかもしれませんね。

また、初めて重版というものも経験させていただきました。シリーズ全巻、三巻については二度も再版され、新しい読者さんとの出会いのきっかけになったように思います。

このラノも、重版も、どちらも作家として夢見ていたものだったので、感無量です。

真面目な話になってしまいましたね。

少し、作品の中身のお話をします。今回は、あとがきのページ数に余裕《よゆう》があります。非常に珍《めずら》しいことです。

リアルでは前回から時間があいたとはいえ、今巻の作中の時間軸《じく》は、三巻のエピローグからそのまま連続しています。

忙《いそが》しいですね、伊緒《いお》くん。休む暇《ひま》がありません。でも、日浦《ひうら》のために迷わず家を飛び出すのは素敵《すてき》だと思います。「女の子の友達のためなら自分だって！」なんて思ったりもしますが、実際にできるかどうかと考えると、なかなか難しい気もします。

え、友達が少ない私には関係ない？　なるほど。まあ、でも妄想《もうそう》は自由です。

日浦亜貴《ひうらあき》というキャラクターは、自分でもかなり気に入っています。もちろん作品のキャラはみんな大好きなんですが、彼女には特別な思い入れがあったりします。

ずいぶん前、丸深がまだ素人《しろうと》に毛も生えていない物書きだった頃《ころ》に、彼女の設定の原型は生まれました。今とは性格も設定もちょっと違《ちが》いましたが、根本の部分はしっかり引《ひ》き継《つ》いでいます。

一巻から登場していながら、日浦《ひうら》には今まで、あまり出番をあげられていませんでした。それというのも、日浦《ひうら》のお話はこの四巻のタイミングで書こうと、ずっと前から決めていたからです。早めることも、遅《おそ》めることもしたくなかったので、もしシリーズがそこまで続かなくても、そのときは諦《あきら》めようと覚悟《かくご》していました。

本作『天使は炭酸しか飲まない』には、実はそういうことがすごく多いです。御影《みかげ》が登場した二巻の内容も、一巻を書き始める前からすでに、ほとんど決めてしまっていました。

「〇巻が出せたらこの話にしよう」というような構想は、多くの作家さんが持ってらっしゃると思います。丸深もその例に漏《も》れず、今も私の頭の中には、この先のお話のアイデアがたくさん蓄《たくわ》えられています。

たとえば伊緒《いお》くんの従兄弟《いとこ》、有希人《ゆきと》にまつわるお話とか。今回登場したプラスフォーのひとり、白濱依舞《しらはまいぶ》さんもいますね。三大美女の最後のひとりも、まだ名前しか出てきていません。そもそも、伊緒《いお》くんにはどうして、あんな不思議なちからがあるのでしょうね。

どこまでお届けできるかは神のみぞ知るというものですが、いつ執筆《しっぴつ》許可が出てもいいように、準備だけは怠《おこた》らずにいようと思います。

　ともあれ、今巻ではたくさん日浦《ひうら》が書けて、それだけでもすごく楽しかったです。自分が生み出したキャラクターを動かすことができる、というのが、小説創作の魅力《みりょく》の最たるものかもしれません。


　話は変わりまして。

　最近ちまたでは、映画やアニメを倍速で見る、という行為《こうい》が流行《はや》っているそうですね。少し調べてみたところ、人々、特に若者がそうする理由は、いくつかあるようです。しかしまとめると、つまり「限られた時間でできるだけ多く、コンテンツを消費したい」ということらしく。

　そう思うと、個人的にはわりと共感できるのも事実です。実際、アニメや映画はともかく、YouTubeの動画や配信のアーカイブなどは、たしかに倍速で見ることもあります。

　動画媒体《ばいたい》のコンテンツは本や漫画《まんが》と違《ちが》い、「自分のペースで進める」というのが、本来は難しいものでした。それがネックにもなっていたので、倍速再生が一般《いっぱん》的になってきたのには、ありがたさも感じます。

　ただ一方で、クリエイターとしてはやはり、寂《さび》しい気持ちにもなります。

　私は小説を書くとき、読み手にどれくらいの時間をかけて読んでほしいか、少なからず意識しています。もちろん、自然とそうなるように、セリフの間や文のリズムを調整することになるのですが。

そしてこういったことは、映画やアニメなどの映像作品でも、当然試みられているはずです。むしろそれを前提にシーンを作っているでしょうから、倍速で再生してしまうと、作り手の狙《ねら》いは全く果たされない、ひいては、その作品の魅力《みりょく》は充分《じゅうぶん》に発揮されない、ということになってしまいます。

「神は細部に宿る」なんて言葉があります。間やリズムだけが細部ではありませんが、一部の神を見落としてしまう、というのはもったいないな、と思うわけですね。

そんな事情もあり、私はまだ、動画サイトのコンテンツ以外は倍速にできずにいます。数を消費するために、ひとつひとつのおもしろさを損《そこ》なってしまうというのは、私にとってはやはり本末転倒《ほんまつてんとう》です。

とはいえ、結局は時間のなさとの天秤《てんびん》ですから、どうにかして時間を作りたいなあと思う日々です。まあ時間が増えたところで、見たい作品は無限にあるので、あんまり意味はないかもしれませんが（笑）。

さて、そろそろお別れです。

次にみなさんに会えるのはいつになるでしょう。またそのときが来ることを、強く願っています。

シリーズとしての状況《じょうきょう》は、三巻の頃《ころ》と同じです。再び執筆《しっぴつ》のチャンスがいただけたら、伊緒《いお》くんたちの二学期の出来事を、全身全霊《ぜんしんぜんれい》でお届けします。先述の通り、アイデアだけは準備ができています。

それでは、最後にあらためて謝辞を。

担当編集の仲嶋《なかじま》さんと中島さん、今巻もお世話になりました。大変でしたね。でも、おふたりのおかげで乗《の》り越《こ》えることができました。返せないまま、恩だけが増えていきます。いつか……はい、いつかお返しするので、もう少し待っていてください。

イラストのNaguさん。Naguさんの絵にしかない素敵《すてき》すぎる魅力《みりょく》が、本作のキャラクターに命と輝《かがや》きを与《あた》えてくれます。いただいたイラストを眺《なが》めるのが、人生で最も幸せな時間のひとつです。Naguさんに、いいことだけが起こりますように。

そして読者のみなさん。丸深と伊緒《いお》くんたちを見守ってくださり、ありがとうございます。本作が、みなさんの人生の一部になっていれば幸いです。そしてこれからも、よい読書ライフをお送りください。

二〇二三年六月　丸深まろやか

◉丸深まろやか著作リスト

「天使は炭酸しか飲まない」（電撃文庫）
「天使は炭酸しか飲まない２」（同）
「天使は炭酸しか飲まない３」（同）
「天使は炭酸しか飲まない４」（同）

本書に対するご意見、ご感想をお寄せください。

ファンレターあて先
〒102-8177　東京都千代田区富士見2-13-3
電撃文庫編集部
「丸深まろやか先生」係
「Nagu先生」係

本書は書き下ろしです。

電撃文庫

天使《てんし》は炭酸《たんさん》しか飲《の》まない4

丸深《まろみ》まろやか

2023年6月10日　初版発行

発行者　山下直久
発行　株式会社KADOKAWA
〒102-8177　東京都千代田区富士見2-13-3
0570-002-301（ナビダイヤル）
装丁者　荻窪裕司（META＋MANIERA）
印刷　株式会社暁印刷
製本　株式会社暁印刷

ISBN978-4-04-915011-7　C0193　Printed in Japan

電撃文庫　https://dengekibunko.jp/

電撃文庫創刊に際して

文庫は、我が国にとどまらず、世界の書籍の流れのなかで〝小さな巨人〟としての地位を築いてきた。古今東西の名著を、廉価で手に入りやすい形で提供してきたからこそ、人は文庫を自分の師として、また青春の想い出として、語りついできたのである。

その源を、文化的にはドイツのレクラム文庫に求めるにせよ、規模の上でイギリスのペンギンブックスに求めるにせよ、いま文庫は知識人の層の多様化に従って、ますますその意義を大きくしていると言ってよい。

文庫出版の意味するものは、激動の現代のみならず将来にわたって、大きくなることはあっても、小さくなることはないだろう。

「電撃文庫」は、そのように多様化した対象に応え、歴史に耐えうる作品を収録するのはもちろん、新しい世紀を迎えるにあたって、既成の枠をこえる新鮮で強烈なアイ・オープナーたりたい。

その特異さ故に、この存在は、かつて文庫がはじめて出版世界に登場したときと、同じ戸惑いを読書人に与えるかもしれない。

しかし、〈Changing Times,Changing Publishing〉時代は変わって、出版も変わる。時を重ねるなかで、精神の糧として、心の一隅を占めるものとして、次なる文化の担い手の若者たちに確かな評価を得られると信じて、ここに「電撃文庫」を出版する。

1993年6月10日
角川歴彦

電撃文庫DIGEST　6月の新刊

発売日2023年6月9日

幼なじみが絶対に負けないラブコメ11

著／二丸修一　イラスト／しぐれうい

俺と真理愛にドラマ出演のオファーが！　久し振りの撮影に身が引き締まるぜ……！　さっそく群青同盟メンバーで撮影前に現場を見学させてもらうも、女優モードの真理愛が黒羽や白草とバチバチし始めて……。

ギルドの受付嬢ですが、残業は嫌なのでボスをソロ討伐しようと思います7

著／香坂マト　イラスト／がおう

長期休暇を終えたアリナは珍しく平穏な受付嬢ライフを送っていた。まもなく冒険者たちの「ランク査定業務」が始まることも知らず——!!（本当は受付嬢じゃなく本部の仕事）

虚ろなるレガリア5 天が破れ落ちゆくとき

著／三雲岳斗　イラスト／深遊

ついに辿り着いた天帝領で明らかになる龍に生み出された世界の真実。記憶を取り戻した彩葉が語る彼女の正体とは!?　そして始まりの地“二十三区”で珠依との戦いに挑むヤヒロと彩葉が最後に選んだ願いとは——!?

新作 ソード・オブ・スタリオン 種馬と呼ばれた最強騎士、隣国の王女を寝取れと命じられる

著／三雲岳斗　イラスト／マニャ子

上位龍をも倒す実力を持ちながら、自堕落な生活を送り極東の種馬と呼ばれている煉騎士ラス。死んだはずのかつての恋人フィアールカ皇女が彼に依頼した任務とは、皇太子の婚約者である隣国の王女を寝取ることだった！

天使は炭酸しか飲まない4

著／丸深まろやか　イラスト／Nagu

明石伊緒に届いた、日浦亜貴に関する不穏な連絡。原因は彼女の所属するテニス部で起きたいざこざだった。伊緒が日浦を気にかける中、ふたりの出会いのきっかけが明かされる。秘密と本音が響き合う、青春ストーリー。

アオハルデビル3

著／池田明季哉　イラスト／ゆーFOU

衣緒花の協力により三雨の悪魔を祓うことに成功した有葉だったが、事件を通じて自身の「空虚さ」を痛いほど痛感する。自分には悪魔に魅入られる「強い願い」が無い。悩む有葉にまた新たな〈悪魔憑き〉の存在が——？

サマナーズウォー／召喚士大戦2 導かれしもの

著／榊 一郎　イラスト／toi8
原案／Com2uS　企画／Toei Animation/Com2uS
執筆協力／木尾寿久(Elephante Ltd.)

故郷を蹂躙した実の父・オウマを倒すべく、旅立った少年召喚士ユウゴ。仲間となった少女召喚士・リゼルらとともに戦い続け、ついにオウマとの対決を迎えるが、強力な召喚獣たちに圧倒され絶体絶命の危機に陥る。

新作 この青春にはウラがある!

著／岸本和葉　イラスト／Bcoca

憧れの生徒会長・八重樫がノーパンなことに気付いた花城夏彦。華々しき鳳明高校生徒会の《ウラ》を知ってしまった彼は、煌びやかな青春の裏側で自分らしさを殺してきた少女たちの“思い出作り”に付き合うことに!?

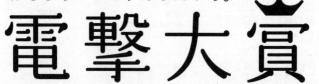